직간접 최면 유도 50선

50 Direct & Indirect Hypnotic Induction

조수빈 지음

Contents

최면의 원리

Principle of hypnosis

"최면은 환상이다." 매번 TV나 영화에서 과장된 내용을 접하다 보니 무엇인지조차 모른다. 자신이 생각하는 범위에 부합하지 않는다며 비과학적인 현상을 설명하라고 한다. 전문가라는 사람마저 종교적 현상으로 해석하니 답답할 나름이다. 최면은 '일상에 녹아있는 심리적 반응'이다. 이 말을 반드시 새기고, 이번 목차를 읽어라. 자신이 알고 있는 최면을 모두 잊고 확실한 정보를 학습하길 바란다.

최면, 영어 용어는 Hypnosis와 Mesmerism 두 가지다. 첫 번째 용어인 Hypnosis는 안과 의사, 제임스 브레이드(James Braid)가 사용하며 퍼져나갔다. 이 용어는 그리스 잠의 신인 Hypnos의 이름을 따서 지어졌다 한다. 당시 최면에 들어간 사람의 멍한 상태, 눈을 감은 상태는 잠과 비슷한 상태로 인식했을거라 추측하고 있다. 이후, 최면이 잠과 다르다는 것을 알아챈 제임스 브레이드는 Monoideism이라는 새로운 용어를 만들었다. 현재는 거의 사용되지 않는 용어인데, 낸시(Nancy) 학파가 계속 사용하며, Hypnosis가 퍼진 탓으로 보인다.

두 번째 용어인 Mesmerism은 최면은 최면이지만 최면이라고 부르면 안 될 용어다. Mesmerism은 의사였던 안톤 메즈머(Anton F. Mesmer)의 이름을 따서 지어졌다. 안톤 메즈머는 동물자기(Animal Magnetism)를 이용한 최면 기법을 사용했다 한다. 동물 자기는 동양에서 말하는 기(氣)의 개념으로 초월적인 에너지 등을 의미한다. 당시 이런 유도 방법으로 멍해지거나 마취되는 등, 이상한 현상을 보였는데 동물자기가 아니어도 충분히 나타날 수 있는 심리적 변화일 뿐이다. 이 부분은 나의 저서인 '최면의 오해'에서 깊이 다루고 있으므로 관심 있다면 읽어보길 바란다.

최면의 정의는 학자마다 다르며, 대부분 각 협회의 정의를 따른다. 해석을 어떻게 했는지에 따라 교집합이 되기도, 전혀 다른 의미가 되어버리기도 한다. 나는 최면의 정의를 "대상의 비판력을 우회하여, 받아들일 수 있는 선택적 사고를 확보한 마음의 상태이다. (PHI 협회)"라고 주장한다. 최면이라는 범주가 사람에 제한되지 않기 때문에 포괄적인 '대상'이라는 단어를 사용한다. 학습된 정보나 해석에서 생겨난 비판력은 앞에 있는 다른 정보와 충돌하지 않는 이상 어떤 영향도 주지 않는다. 하지만 암시 중 내담자가 받아들일 수 있는 특정 암시가 선택적 사고에 영향을 주게 된다. 받아들인 선택적 사고는 비판력의 학습된 정보로서 역할을 하게 된다. 최면가의 암시가 더는 비판할 이유가 사라지며, 대상은 피암시반응을 보인다. 이때 대상은 최면이라는 범주에 들어가게 된다.

일부 협회의 경우 데이브 앨먼의 정의를 사용하거나 US 정부가 사용하는 정의를 사용한다. 이 정의와 PHI 협회의 정의는 비슷하지만 분명 다르며, 꼭 필요한 수정을 거쳤다 생각하면 된다. 최면에 대한 학자의 공통적 주장은 피암시 반응이다. 피암시 반응, 피암시성이라고 불리는 능력은 상호 간의 소통이나 교류를 충족 시키기 위해 사회적 동물이라면 누구나 가지고 있어 야 한다. 다시 말해 상대방의 모든 요청을 계속 무시 하게 되면 사회에서 배제될 것이며, 집단이 요구하는 목표에 도달하지 못하게 된다. 창문을 열어달라고 말 하지만 계속 무시하는 것과 다른 바 없는 것이다.

반면, 이 피암시성이 너무 높아도 안 된다. 다른 사람 의 요청을 모두 들어주고 따르는 경우 자신의 주관이 없어지며 궁극적인 삶의 목표를 이룰 수 없게 된다. 생존이나 욕구에 반대됨에도 요청을 받아주는 건 극 심한 스트레스다. 마치 경계선 성격장애가 있는 사람 처럼 자신이 버려지지 않기 위해 미친 듯이 노력하는 것도 한 예가 될 수 있다.

최면 유도는 앞서 말한 피암시 반응을 높이기 위한 작 업이다. 하지만 몇 가지 작업을 했다고 누구나 피암시 반응이 높아지는 것이 아니다. 각 개인의 '받아드릴 수 있는 선택적 사고'를 확인해야 하고, 기질적 특징 이나 무의식적 반응을 예민하게 찾아 적용할 수 있어 야 한다. 단순히 최면 유도를 따라 하는 것은 매우 비 효율적이라는 것이다.

암시 반응을 높이기 위한 필요조건이 있는데, 가능한 해당 조건을 최대한 맞출 수 있어야 한다. 그렇지 못하다면 충족시킬 수 있는 과정을 거치는 것이 필요하다. 하지만 전문가가 아닌 이상 이 과정 자체가 쉽지 않기 때문에 되도록 조건이 충족된 사람을 찾아 연습하는 것이 좋다. 극히 적은 조건과 기법에 한하여 사람의 기본 본능적 반응을 이용한 최면 방법도 있다.

1. 관계 형성

최면은 물론이고 모든 삶 속, 라포(Rapport), 관계 형성은 매우 중요하다. 이 라포는 대상의 피암시반응을 높이는 동시에 자발적 행동을 높인다. 마치 좋아하는 사람이 A라는 행동을 하라고 하면 아무 악감정 없이 A를 수행한다. 반면, 싫어하는 사람이 A라는 행동을 하라고 하면 하지 않거나 꾀를 부리게 된다.

라포는 친밀감, 관계 등으로 해석되며 최면에서는 무의식적인 공감과 반응까지 폭넓게 정의한다. 상담심리학에서 이런 라포를 형성할 수 있도록 상담 초반에 반영, 경청과 같은 기법을 사용하곤 한다. 더 잘 들어

최면의 오해 영상

용어 정리

인덕션 (Induction)
유도를 뜻하며, 최면 유도(Hypnotic Induction)의
줄인 말로 사용된다.

주고 이해하려 노력하며, 상담자가 내담자의 말을 집중하고 잘 듣고 있다는 것을 인식하도록 만드는 것이다. 자신에게 관심을 가지고 도우려 노력한다는 것을 인지한 내담자는 더욱 편안하고 자연스럽게 대하며 마음속 비밀을 개방하게 된다.

최면에서의 라포 형성은 주로 NLP(Neuro-linguistic programming)의 페이싱을 이용한다. 페이싱은 영어 Pace, 맞추다라는 의미를 가지는데, 내담자와 비슷한 사람이라는 것을 인지시켜주고 공감할 수 있는 능력과 이해할 수 있는 능력을 가졌음을 느끼게 한다.

기법으로만 보면 정말 쉽다. 다만, 이것이 전부라고 생각하지 않았으면 한다. 친구와 친해지듯, 재미있는 이야기를 나누듯 상황에 예민하게 반응하고, 기법 이상의 대처가 필요하다. 라포 형성을 위해 전문가는 공감과 이해 능력, 자기 개방과 표출 등 목적에 따른 다양한 기법을 사용한다. 한 두 가지 기법만 사용하는 것은 절대적 실수다. 다시 말해 페이싱만 사용해선 안되며, 대상에게 효과적인 방식을 확인하고 충족시켜야 한다. 그 때문에 전문가를 모델링하여 학습하길 추천한다.

● 페이싱 기법

1. 백트래킹 (Backtracking) : 언어를 맞춰주는 기법으로, 대상이 말한 문장이나 단어를 사용하는 방식이다.

2. 미러링 (Mirroring) : 몸짓과 같은 비언어 일부를 맞춰주는 기법으로, 대상의 행동이나 표현을 따라 하는 방식이다.

3. 매칭 (Matching) : 생리적인 반응을 맞춰주는 기법으로, 대상의 말투, 호흡 속도, 감정 표현 등을 사용하는 방식이다.

PHI 최면 고급 소개 과정
中
페이싱 기법 교육 자료

2. 목표 설정

대상에게 공부를 1시간 이상 하게 만들고 싶다면 목표, Output은 공부 1시간/하루로 설정하게 된다. Output에 도달하기 위해서 최면가는 목표 도달을 위한 Input을 주는데 Input은 어떠한 자극이건 대체될 수 있다. 대상이 Output에 도달하려 한다면, 최면가가 주는 Input을 쉽게 따르는 피암시 반응이 나타난다.

상담하는 경우 Output을 최면가 마음대로 설정할 수 없다. 특히, 자발성에 관여하기 때문에 물어보지 않고 Output을 설정하면 대상은 상담자를 따르려 하지 않아 어려워진다.

Output을 설정할 땐 내담자의 가치에 어긋나지 않도록, 최대한 내담자가 원하는 방향으로 형성하고, 때에 따라 최면가가 생각하는 Output을 유도한다. Output을 조절할 가장 쉬운 방법은 보상을 이용하는 방법으로 '공부하면 컴퓨터 사줄게.'와 같은 방식을 사용할 수 있다. 물론, 내담자에게 이런 식으로 하진 않지만, 내담자의 상담 목적에 부합하는 것과 연관시키곤 한다. (ex. 우울증을 다루기 위해 신체적 활동

을 늘리는 것이 도움 된다고 설명하여 신체적 활동이라는 Output을 형성함)

3. 외부적 자극의 최소화

최면을 유도 후, 밖에서 들리는 자동차 경적은 나에게도 거슬린다. 강한 자극은 내담자가 최면에 집중할 수 없도록 한다. 상담을 위한 정서적, 인지적 연합에서 분리됨을 의미한다. 시간과 노력이 한 번에 날아가는 순간이 될 수 있다.

어떤 최면 전문가는 이를 심화 기법으로 돌려 '경적이 들리면 더 깊어집니다.' 등의 암시를 주면 괜찮다고 한다. 하지만 효과를 볼 수 없다. 자극을 무시할 수준의 피암시성이 없다면, 부정적 자극은 신체적 긴장을 부를 만큼 자극적이다. 즉, 외부에서 들어오는 자극을 최소화할 수 있는 장소, 걱정 없는 시간, 정서적 안정을 위한 환경을 만들어주는 것이 가장 좋다. 내 내담자 중 일부는 마음을 편안하게 하기 위한 음악을 귀신 소리 같다며 다른 음악으로 바꿔 달라고 하거나 불빛이 환해야 괜찮다고 하는 사람도 있었다. 교육을 받은 예비전문가가 어떤 환경이 가장 좋은지 물어보는

데, 내담자마다 다르므로 그 상황에 즉각적으로 대처할 수 있는 환경을 만드는 게 좋다 말해준다.

하지만 상담상황이 아닌 경우 언제든 장소 변경이 가능하다. 내담자가 편안함을 느끼면서 주변의 강한 외부적 자극이 없는 환경이면 충분하다. 상담상황처럼 장소에서 벗어날 수 없다면 외부 자극을 적극적으로 활용하는 것도 방법이다. 다만, OO 자극이 심화를 만든다는 등의 쓸모없는 암시는 되도록 피하는 것이 좋다. 아침 9시에 점심 먹는다는 것과 같은 말이기에 대상이 수용 가능한 암시로 사용해야 한다.

---

* 훈련된 전문가는 자극으로 인한 혼란을 '패턴 인터럽트', '쇼크 인덕션'으로 이용한다. 피암시성이 높아지기에 비판력을 줄이는 최적의 상태라 주장하는 전문가(김상겸:PHI공동협회장)도 있다. 혼란스러운 틈을 타 결벽증을 가진 대상이 맨발로 공중화장실을 다녀오게 했었다. '더럽다'는 병적인 신념을 한순간 무력화시키기도 하니 적극적으로 연습해보는 것도 좋다.

---

4. 최소한의 소통 능력

한때 최면가는 언어를 사용하지 않았다. 언어를 사용하지 않고 최면처럼 보이는 반응에 민중은 의사소통

없이 이런 현상이 나올 수 있다고 생각했다. 하지만 최면을 하기 위해선 무조건 소통 능력이 필요하며, 비언어 인덕션이라거나 메즈머리즘 역시 학습된 정보를 사용하는 등 의미가 전달되어야 한다.

최면을 못 하는 사람은 지능이 심하게 낮거나 자신의 선입견이 강해 상담자의 말을 전혀 따라오지 못하고 이해하지 못하는 경우다. 상담상황에는 극도로 불안하거나 우울증으로 체력이 고갈되어 상담자의 요청을 따르지 못하는 때도 있다. 위와 같이 능력의 한계가 없다면 암시를 따르는데 큰 문제 없다. 다시 말하면 상담자도 뚜렷하게 의견전달을 해야만 내담자도 원하는 Output에 맞게 움직일 수 있고, 내담자가 이해할 수 있는 능력이 있어야 더욱 쉽게 목표에 도달할 수 있게 된다.

의사소통의 수단은 언어와 비언어이다. 그 수단은 문자, 말, 몸짓, 촉감적 자극 등을 포괄하지만 모든 수단을 통해 최대한 정확한 전달을 하면 좋다. 이 책에서 다룰 모든 내용은 이 두 가지를 통해 나타난다는 점을 꼭 명심하고, 이를 이해하고 받아들일 수 있는 능력을 갖춘 대상을 찾는 것이 중요하다. 그 때문에 PHI 협회는 모국어를 사용하고 문화적 차이가 없는 국가에서 최면을 사용하길 추천한다. 한때 나는 외국에서 최면 상담과 쇼 최면을 하며, 언어 문제를 경험했고 이에 적응할 수 없었다. 대상이 차이를 못 느낄 수준으로 언어와 문화적 차이를 극복할 수 없다면 최면 상담은 필히 배제하는 것이 좋다.

5. 주의력

내담자는 암시를 이해하고 받아들일 최소한의 주의가 필요하다. 최면가가 아무리 옆에서 주저리 떠들어봤자 옆에 있는 귀여운 고양이에게 집중하고 있다면 반응하지 않는다. 이것 역시 고양이에 대한 인식을 엮었다가 끌고 나오는 방법이 있지만, 전문가가 아닌 이상어려운 방법이다.

내담자는 최면에 대한 거부감이 없고, 다른 무언가에 대한 걱정이나 불안 때문에 관심이 쏠리지 않아야 한다. 상담자는 내담자를 안심시키기 위해 최면을 적절히 설명해야 하며, 최면에 관심을 가지도록 해야 한다. 상황에 따라 최면에 대한 인식이 매우 나빠 최면이라는 단어조차 사용하지 않는다. 이 상황에는 다른 내용과 연합하여, 그 내용에 관한 관심을 이끌어 진행할 수 있다. 예를 들어, 최면을 싫어하는 대상에게 상상 연습을 한다고 설명하여 관련 인덕션을 사용하거나, 기법이 겹치는 명상이라 설명하고, 피암시성을 끌어낼 수 있다.

6. 기능적 문제의 최소화

간혹 기능적, 기질적 문제를 가진 사람을 볼 수 있다. 특히, 이완을 전혀 하지 못하는 사람들도 있는데 단순히 훈련을 통해 해결할 수 있는 문제인지, 뇌의 기질적인 문제로 평생 치료할 수 없는 상황인지 확인해야 한다.

추가로 외상을 겪었던 사람들의 경우 최면 과정 중에 Abreaction, 해제 반응, 소산 반응을 보일 수 있으며 상황에 따라 심각해질 수 있으므로 이를 다룰 전문가가 아닌 이상 절대 최면을 해선 안 된다. 즉, 심리적으로 불안한 사람이나 PTSD 증상, 기타 심리적 문제를 가진 사람과 절대 하지 않기를 바란다. 어떤 반응이 나타나건 모든 책임은 전적으로 자신에게 있음을 알아야 한다.

이 6가지는 가장 중요한 조건이며, 일부 전문가는 이를 필수 조건으로 본다. 상황에 따라 필수 조건이 아닐 수 있는데, 일반적인 상담상황이라면 그럴 일은 없다. 독자로선 이 조건을 모두 충족한 상황에 연습하여 높은 확률로 최면 유도에 성공할 수 있도록 하면 좋겠다.

최면 유도의 분류

The group of hypnotic induction

시대가 바뀌며 최면도 변화했다. 최면이라는 단어가 만들어진 지 수백 년밖에 되지 않았으니 기법을 나누는 것 자체가 어려웠다. 특히, 유도 방식은 전문가에 따라 불필요하다 주장하며, 섬세하게 분류하는 전문가는 보기 어렵다. 최면이 가장 처음 사용된 시기 역시 불분명하고, 당시 사용된 기법도 확실하지 않다. 특히, 생명체가 가진 피암시성 자체가 최면이자, 심리 기제인데 역사에 남지 않은 시기까지 고려하면 확인 못 할 영역이 커지게 된다. 최면 유도가 어떻게 이루어졌는지, 어떤 분류를 가져야 할지 알아보자.

고대 이집트나 그리스 조각에는 최면을 유도하는 듯한 모습이 관찰된다. 일명 'Temple Sleep'이라고 불리는 전통은 약초 섭취, 의식, 몇 시간의 기도 낭송을 하고 특별한 방으로 들어가 치료법과 관련된 꿈을 기다렸다고 한다. 또한, 그리스 델피(Delphi)의 오라클은 내면의 신을 통해 어떤 표식을 전달한다고 한다.

> The lord whose is the Oracle at Delphi neither speaks nor hides his meaning, but gives a sign. And the sibyl with raving lips, uttering things mirthless, unadorned and unperfumed, reaches over a thousand years with her voice thanks to the god inside her.

학자는 위 내용이 최면이라고 주장한다. 특정 목적과 자신이 주는 암시의 반응, 최면적 반응 등을 이유로 든다. 반면, 아니라고 주장하는 학자도 있다. 이미 결정된 신념을 따르는 과정이며, 이를 통해 신념이나 제안에 반응하는 것이 아니라고 보기 때문이다. 하지만 나는 결정된 신념을 통해 다른 피암시 반응을 만들 수 있어 최면의 영역에 포함된다고 생각한다.

기원전 4세기 페르시아 정복을 위해 알렉산더 대왕은 이집트 신탁과 상담했다고 알려져 있다. 영화 300에서 보면 전투를 앞두고 레오니다스 왕이 종교적 조언을 받는 것을 볼 수 있다. 이런 제안이나 암시에 반응하는 것은 최면의 범주로 학자 대부분이 동의한다.

하지만 종교인이 최면을 알고 사용했을까? 아마 모르고 사용했을 확률이 더 높다. 신이라는 그늘 안에 합리적인 원인을 무시하고 학문으로서의 발전을 막지 않았을까 생각된다.

최면이 그렇다 할 모습이 된 것은 18세기 오스트리아의 의사인 프란츠 안톤 메즈머로 시작된다. 메즈머는 몸 전체에 동물자기장(Animal Magnetism)이 흐르고 있다고 믿었으며 자기장이 혼란되었을 때 질병이 생긴다고 보았다. 이런 믿음 때문에 자석을 들고 다니거나 환자의 몸을 쓸어내리는 동작을 한다.

벤저민 프랭클린이 포함된 검증단에서 확인한 바에 의하면, 이것은 안톤 메즈머가 특별한 능력이 있다고 믿은 사람, 그리고 동물 자기를 믿은 사람, 먼저 체험해본 사람을 보고 만들어진 반응으로 본다. 프랭클린의 검증팀이 맹물을 대접에 담아놓고 자기화된 물이라고 설명한 다음 환자에게 마시게 한다. 그녀는 대접에 담긴 물을 마시자마자 기절해버렸다. 얼마 후 깨어난 환자에게 이번에는 자화된 물을 맹물이라고 설명한 후 마시게 했다. 환자는 아무런 반응도 보이지 않았다. 결국, 검증단에 의해 동물 자기가 틀렸음이 알려지게 되었고, 메즈머는 힘과 권력을 잃은채 파리를 떠나게 되었다.

진짜 효과가 없는 약이라도 환자가 희망을 품고 있다면 약간의 효과를 보일 수 있다는 것. 그리하여 신약을 개발할 때에는 위약을 함께 사용하여 효과를 비교한다. 학자는 이 기법인 메스머리즘, 동물자기에 대해 메스머는 비과학적인 해석했지만, 위약효과, 플라세보 효과를 통한 최면 반응으로 해석할 수 있음을 주장한다. 즉, 사용 방식, 원리에 따라 메스머리즘은 최면이 될 수도, 아닐 수도 있다.

1841년 스코틀랜드의 의사인 제임스 브레이드는 46세의 나이에 첫 메스머리스트 쇼를 관찰했다. 쇼가 끝난 후 제임스는 메스머리스트를 자세히 관찰할 수 있도록 허락받았고, 몇 달간 강도 높은 관찰 후에 자신의 이론을 발전시켰다.

최면의 아버지라고 불리는 제임스는 최면이라는 용어 Hypnotism과 Hypnotist의 용어(Hypnos라 불리는 그리스 잠의 신의 이름을 이용해 지어졌다고 한다.)를 채택한 사람이다. 최면을 에너지, 동물자기가 아닌 비교적 현실적이고 과학적인 이론으로 만들었다. 그의 대표적인 기법엔 고정 응시(Eye fixation)가 있다.

I have now entirely separated Hypnotism from Animal Magnetism.I consider it to be merely a simple, speedy, and certain mode of throwing the nervous system into a new condition, which may be rendered eminently available in the cure of certain disorders.

I trust, therefore, it may be investigated quite independently of any bias, either for or against the subject, as connected with Mesmerism; and only by the facts which can be adduced.

I feel quite confident we may have acquired in this process a valuable addition to our curative means; but I repudiate the idea of holding it up as a universal remedy; nor do I even pretend to understand as yet, the whole range of diseases in which it may be useful.

-제임스 브레이드의 책 The Complete Writings of James Braid 中 -

최면 유도와 관련된 사람 중 데이브 앨먼(Dave Elman)과 밀튼 에릭슨(Milton Erickson)을 빼놓고 말할 수 없다. 당시 10분, 많게는 1시간까지 걸리던 최면 유도 기법을 짧게 줄인 사람이다.

긴 최면 유도 시간은 내담자를 잠들게 하거나 주의력을 떨어뜨리기 쉽다. 또한, 상담 시간의 대부분을 최면 유도에 소비해버린다면 비효율적일 수밖에 없다. 현대 최면가는 이 이유를 들며, 데이브 앨먼과 밀튼 에릭슨이 만든 급속 최면과 순간 최면을 꼭 습득하고 이해할 수 있도록 한다. 이 책에서 대부분 다루게 되겠지만, 전문가에 따라 변형되고 발전되었기 때문에 원류를 고수하는 것보다 발전된 기법을 사용하는 것을 추천하고 싶다.

데이브 앨먼의 기법 역시 기존에 있던 기법을 변형하고 개조하며 발전시킨 것으로 알려져 있다. 대표적으로 제임스 브레이드의 고정 응시를 10초도 안 되는 시간으로 줄였으며, 연기라는 틀을 통해 암시 반응을 높였다. 너무나 획기적이고 큰 도약을 만든 방법이지만 아직도 발전하고 있는 단계이기 때문에 전문가마다 특색을 가진다. 나는 고정 응시 기법만 20가지 이상 보았고, 각자 특색이 뚜렷했다. 그 때문에 고정 응시

하나만도 대상마다 맞춰줄 수 있다. 다시 말하면 이미 구시대 기법이 돼버린 현대 최면 기법은 꼭 알아야 하지만 고수할 필요없다. 대상에게 필요한 영역을 맞춰주고 그러기 위해 최신 정보를 지속해서 학습해야 한다.

최면 유도 기법은 크게 3가지 또는 5가지가 된다. 각 분류는 시간에 따라, 기법에 따라, 최면 깊이에 따라 전문가가 해석한다. 어떤 전문가는 자신이 그렇게 배웠다는 이유만으로 이해 없이 잘못된 정보를 전파하는데, 이 책을 통해 정확히 이해하길 바란다.

3부류로 나눈 최면 유도는 시간이 기준이다. 각 명칭은 전통 최면(Standard Induction), 급속 최면(Rapid Induction), 순간 최면(Instant Induction)이다. Standard Induction은 전통 최면이라기보다 기본 유도라고 해석하는 편이 정확하다. 하지만 한국에 먼저 들여온 최면 전문가가 전통 최면으로 해석하여 정식 명칭으로써 자리 잡았다.

전통 최면은 10분에서 20분 이상 소요되는 최면 유도 기법이며, 전문가에 따라 5분 이상 걸리는 최면을 통틀어 전통 최면이라 칭한다. 각 기법의 잠재력은 크지만, 시간이 오래 걸린다는 이유와 유도 과정에서 잠에 빠질 수 있다는 이유로 잘 사용되지 않고 있다. 반면, 충분한 이완 시간을 유지할 수 있기에 불안한 현대인에게 도움되며, 심리학, 상담학 기법에 유용하게 쓰는 기법이 포함되어있다. 대표적인 기법은 점진적 이완(Progressive Relaxation), 심상화(Imaginary Induction), 고정 응시(Eye Fixation)가 있다.

급속 최면은 2분에서 5분이 소요되는 최면 유도 기법이며, 전문가에 따라 1분에서 5분이 걸리는 최면을 급속 최면이라 칭한다. 일부 전문가는 데이브 앨먼 인덕션의 선입견으로 인해 특정 깊이에 도달하는 것까지 기준으로 잡는다. 대표적인 급속 최면인 3분 루틴 기법은 숫자 망각을 훈련하도록 만들어져있다. 그 때문에 3분 루틴, 또는 급속 최면 유도 이후, 망각 반응이 나타나는 섬냄불리즘 상태(Somnambulistic State)에 도달하는 인덕션이라 주장한다. 반면, 유도 이후 망각 암시를 직접 주면 대부분 기억을 하고 있다. 세계를 돌며, 트레이너, 심지어 마스터 트레이너를 만나 확인했지만 이런 그들의 주장은 어불성설이었다. 3분 루틴의 숫자 망각과 망각 암시는 전혀 다른 것이기 때문이다.

순간 최면은 1분 이내에 종료되는 최면 유도 기법이며, 전문가에 따라 4초에서 1분이 걸리는 유도 방식을 순간 최면이라 칭한다. 이 기법 역시 급속 최면을 따라 섬냄뷸리즘 성취를 기준으로 잡는 전문가가 있다. 문제는 순간 최면만으로 망각하는 상황을 거의 보지 못했다는 것이다. 즉, 이런 주장은 틀렸으며, 가능하다고 주장한 모든 전문가가 10%에도 못 미치는 최악의 확률을 증거로 내밀고 있다. 대표적으로 혼란 기법(Pattern Interrupt)과 경악 기법(Shock Induction)이 있다.

명칭	소요 시간	기타
Standard Induction	10m~20m or 5m~	1. 기법에 따라 포괄적 사용 2. 비효율적 시간 3. 대상이 잠을 잘 수 있음
Rapid Induction	2m~5m or 1m~5m	1. 일반적으로 경직 반응을 보이기에 중간 최면 상태에 도달 (깊이 유동적) 2. 기법 대부분이 어떤 과정 (process)을 따름 3. 복합적인 기법이 대부분이기에 자기 최면에 비효율적

Instant Induction	4s ~ 1m or ~ 1m	1. 깊이는 매우 유동적 2. 사전 이해가 없는 경우 내담자의 반응이 제각각 3. 상담상황에선 심화 기법이 필수

- 최면 유도의 3분류 -

5부류로 나눈 최면 유도는 기법이 기준이다. 기법 특성상 발전하고 있으므로 시대에 따라 변한다. 특히, 메스머리즘은 현대에 와서 비언어와 학습 정보에 의한 암시 등으로 해석하기에 에너지라는 기법 분류가 제거되었다. 그런데도 일부 최면 전문가는 종교적인 해석과 함께 에너지라는 오해를 퍼뜨리고 있다.

5부류는 언어형, 비언어형, 혼란경악형, 신체접촉형, 상태형으로 나눠진다. 언어형은 언어를 사용하는 모든 유도 기법을 의미하며, 점진적 이완, 심상화, 간접 암시 등이 포함된다.

비언어형은 문자 혹은 말을 사용하지 않는 소통 수단으로. 몸짓, 생리적 반응을 사용한 유도 기법을 의미한다. 단, 비언어가 대상이 이해할 수 있는 영역이어야 한다. 대한민국 기준, V자 표식은 승리를 뜻하는

Victory로 사진을 찍을 때 자주 사용되곤 한다. 하지만 일부 국가에서는 모욕을 주기 위한 표현이라고 사용된다 한다. 또한, 서양권에서 어른을 검지로 가리키는 행위는 큰 문제가 되지 않지만 동양권인 한국에서 어른을 검지로 가리키면 예의 없는 사람으로 인식된다. 아랍 국가나 일부 동남아의 경우 사람을 가리킬 때 엄지손가락을 사용하는 것을 예의로 생각하기도 한다. 이처럼 비언어는 언어와 같이 집단에 따라 다르기에 먼저 확인해 사용해야 한다. 대표적인 기법은 메스머리즘, 태핑, 카탈렙시 인덕션이 있다.

혼란경악형은 혼란스럽거나 경악할 상황에 상승하는 암시 반응을 이용한 최면 유도 기법을 의미하며, 암풀 인덕션, 핸드 쉐이크 인덕션, 핸드 드랍 인덕션이 있다.

다음 두 가지 신체접촉형과 상태형은 사용이 까다롭다. 신체접촉형은 대상이 평온함을 느끼게 하거나 접촉을 통해 특정 반응을 부르기 위함이다. 한 예로, 데이브 앨먼의 3분 루틴 기법은 한 손이 어깨 위에서 벗어나지 않는다. 대상이 의지할 수 있도록, 혹은 도움을 주고 있음을 인식하게 도움 준다. 이 방식이 신체접촉형에 포함되며, 비언어 유도를 위해 신체에 자극

주는 형태 역시 신체접촉형에 속한다. 각 국가와 사회, 개인에 따라 줄 신체 접촉이 달라 대상에 대한 사전조사가 필요하다. 현재 한국은 동의 없이 신체 접촉하는 행위가 법적인 문제가 될 만큼 예민하고 조심해야 할 영역이다. 하지만 암묵적인 합의하에 손을 잡거나 어깨를 토닥이는 등 허용되는 영역이 있다. 반면, 이슬람 국가에선 혼인하지 않은 성인 남성과 성인 여성이 신체 접촉하는 것을 금지하고 있다. 작은 포옹은 물론이고, 손을 잡는 것까지 문제로 보고 있다. 의료적인 목적, 구조 목적이라면 괜찮다고 하지만 상담 상황에 접촉하는 것 자체를 쉽게 받아들이지 못할 것이다. 이 책에서 몇 가지 다루겠지만 한국을 기준으로 분류했기 때문에 사용 전 대상에 대한 사전조사를 먼저 하길 바란다.

상태형은 대상의 감정과 정보, 상태를 포괄적으로 확인하여 변형하는 방법이다. 예를 들어, 대상이 감정에 연합되면 최면 유도 없이 쉽게 연상할 수 있다. 더 깊은 상태를 만들기 위해 최면 유도를 할 수 있겠지만, 감정을 증폭시켜 강한 연합으로 높은 피암시성을 만들 수 있다. 특히, 대상이 특정 공포증을 앓는 경우, 공포증 대상을 최면 유도에 사용하여 극단적인 감정 분출을 유도하기도 한다. 감정에 연합되기에 높은 피암시반응을 보일 수 있지만 최면가를 적대시하는 경우 대상은 암시를 수용하려 하지 않는다. 혼란을 야기한 대상이기에 적대시할 가능성이 충분하다. 대상이 최면가가 도움을 주기 위해 노력하고 있음을 인지하도록 해야 하며, 충분한 라포가 형성되야한다. 지지자로서 역할을 하지 않는 이상 대상은 혼란 속에서 몸부림칠 것이다. 이런 다양한 상황을 고려해야만 하는 유도가 상태형이다.

상태형은 어떤 최면 유도 기법과도 결합할 수 있지만, 일반적인 최면 유도가 아니어도 대상에게 효과적인 최면 유도가 될 수 있다. 다른 4개 부류가 사람의 본능, 기질에 대한 것이라면, 상태형은 개인의 성격, 학습 정보가 틀이 된다. 대상에게 모든 것을 맞춰줄 수 있겠지만, 실제로 사용하기 위해선 다양한 상황에 접근할 충분한 자료와 훈련이 필요하다.

5부류의 장점이자 단점은 한 가지 기법을 한 부류에 넣을 수 없다는 것이다. 암 풀 인덕션 하나만 봐도 4~5부류에 포함된다. 그 때문에 5부류 모델은 3차원적이며 사용자에 따라 분류가 달라지게 된다. 내가 5부류를 소개하는 것은 나와 같은 실수를 하지 말라 조언하고 싶어서다.

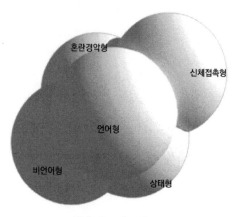

- 최면 유도의 5부류 -

말레이시아 스승은 나를 보고 분류라는 틀에 박혀있다 하였다. 원리만 알면 수백수천까지도 응용할 수 있고, 내담자에게 가장 효과적인 최면 유도를 할 수 있지만, 기법을 외우고 틀에 박힌 방식으로 발전하지 못할까 우려했다. 이때부터 나는 상태형을 기본으로 연구해왔다. 집단의 특징을 기본으로 모았고, 개인의 특징을 분류할 방법을 고안했다. 3명의 협회장이 데이터를 모았고, 벡터 프로세스의 방대한 지도가 만들어지게 되었다. 초기 벡터 프로세스에는 A4 용지로 1000장에 가까운 데이터와 과정을 정리했으며, 검증을 거쳐 300장 정도로 줄여낼 수 있었다. 이 말은 상태형을 본격적으로 사용하기 위해서 300장의 데이터가 필요하다는 것이다. 한 가지 기법도 사람에 따라 수백 가지로 사용되고, 연합할 수 있도록, 유도 기법을 외우지만 말고 개인에게 무엇이 필요한지 확인하고 제안하도록 하길 바란다.

최면 유도는 암시 반응을 높이기 위함이다. 형식적인 최면 유도론 아무 도움 되지 않는다. 최면 협회에 회의를 가면 거의 모든 사람이 전문가다. 전문가이기에 최면 유도 기법을 다량 알고 있을 것이며, 알려진 혼란경악형으로 놀라거나 혼란스럽지 않아 한다. 즉, 피암시반응을 만들 수 없는데, 협회 회의에서 '형식적으로' 최면을 유도한다. 이론적으로 맞지 않은 최면 유도는 필요 없다. 전문가라는 상태에 맞춰 혼란, 경악을 전혀 다르게 진행하거나 다른 부류의 유도를 사용하는 상식을 가지도록 하자.

암시 반응을 높이기 위해 일반적으로 요구하는 상태는 다음과 같다. 반면, 유도할 내용이 상황에 따라 변하기 때문에 기법이 달라짐을 알아야 한다.

1. 마음 이완

우리는 삶에서 수많은 스트레스와 불안, 공포 등의 감

피암시성을 높일 요소

1. 마음 이완
2. 주의 및 관심
3. 라포
4. 정보의 부합

5. 보상
6. 권위
7. 반복
...etc

https://www.youtube.com
/watch?v=1DMSEDrSuvE

혐오 기법

정을 느낀다. 이런 감정 상태에서 자극이 되는 외부적 암시를 수용하기 어렵고, 문제 해결과 관련된 자신의 학습 정보를 확인하여 회피, 해결 방법을 모색힌다. 만약, 자신이 학습한 정보 중 도움과 관련된 비판력이 적다면 피암시반응이 높아질 수 있다. 상담사를 찾아 도움을 요청하는 경우, 친한 직장 상사를 찾아 해결책을 모색하는 경우, 현재 상황을 회피하기 위해 비교적 수용할 만한 암시를 받아들이는 등, 특정 조건만 맞는다면 마음 이완을 유도하기 쉬우며, 피암시성도 높일 수 있다.

대표적인 예로, 불편한 상황에 감정이 쉽게 폭발하는 것을 볼 수 있다. 편안하고 즐거운 상황에 누군가의 작은 부탁이든 쉽게 들어줄 수 있다. 반면, 직장에서 상사의 비난을 받고, 믿고 있던 동료들에게도 비난받아 스트레스가 극한 수준으로 치솟았다면 잠깐 비켜달라는 한마디에 불같이 화내기도 한다. 상황이 진정된 이후, 뒤에서 친한 동료가 등을 토닥이며, 이런저런 이야기와 함께 상황을 바꿀 수 있는 조언을 주게되면 평소엔 절대 따르지 않을 암시도 쉽게 수용할 수 있다.

위와 같은 상황은 상담 상황에 만들어내기 어렵다. 완

벽한 마음 이완을 만들기 위해선 부정적 자극을 제거해야 하며, 현대인에겐 불가능에 가깝다. 그 때문에 최대한 비슷한 상황을 유도해 내는데, 편안한 이완 상태를 유도하거나 부정적 자극에서 멀어지도록 트랜스를 유도하는 방향으로 움직인다. 추가로 상대적 마음 이완 상태를 만들어 피암시성을 높이거나 혼란스럽거나 놀란 상황에 도움을 받으려는 기질, 성향을 이용해 최면가가 지지자가 돼 피암시성을 높이는 등 다양한 방법으로 마음 이완을 유도해낼 수 있다.

충분한 마음 이완이 됐을 때 최면가가 주는 암시는 물론이고 다양한 부분에서 수용적인 자세를 가지게 된다. 비판력의 힘이 줄기 때문에 최면 유도 기법에서 빼놓을 수 없는 상태 중 하나다.

2. 주의 및 관심

트랜스(Trance)라는 용어는 생소한 말이다. 한국에서 이를 대변할 수 있는 말이 없어, 원문을 그대로 사용해 트랜스라는 표현을 사용한다. 대변할 한국어가 없어서 이를 해석하는 내용이 복잡하고 어렵다. 이해하기 위해 몇 가지 학문 간 차이를 비교해보자. 명상이나 일부 최면 협회에선 트랜스를 변성의식으로 해석한다. '바뀌었다'라는 해석이 될 트랜스는 현재 상태와 다른 상태로 해석하곤 한다. 그 때문에 최면과 트랜스를 같은 상태로 분류한다. 최면과 트랜스를 같은 상태로 해석하며, 현재 상태와 다른 상태로 정의함에 일반인은 최면이 특별한 상태일 것이라는 환상에 빠지게 된다. 데이브 앨먼은 '마음의 상태(State of mind)'로 최면 상태를 표현했는데, 이를 해석하는 전문가마다 일률적인 기분의 변화와 비슷하다고 주장하기도, 마음의 특별한 상태와 같다고 주장하기도 한다. 변성의식에 대한 해석은 후자와 같다고 보면 된다. 반면, 트랜스와 최면이 같은 의미가 있기에 의미 없다고하는 사람과 몽롱한 상태, 집중된 상태와 같은 트랜스와 피암시성이 높은 최면과 다르기에 분류해야 한다고 주장하는 전문가도 있다.

PHI 협회와 일부 유명 협회에선 트랜스를 '어떤 대상에 몰입하여, 다른 무언가에 관심이 없는 상태'로 해석한다. 이는 과거 내가 공부할 때 사용했던 정보를 사용한 것이며, 트랜스 요가를 연구할 때 이론과 내용이 변형되었다. 정의는 같지만, 최면에 대한 트랜스는 달라졌고, 스승의 말을 따라 '최면은 트랜스 상태가 아니지만, 트랜스는 피암시성에 영향을 준다.'라는 말에 동의한다.

대부분 최면가는 트랜스가 최면의 필수적 요소로 본다. 때에 따라 최면 깊이가 아닌 트랜스 깊이를 척도로 사용한다. 반면, 이런 식의 해석을 위해선, 최면 깊이에 따라 깊은 트랜스 반응이 나타나야만 하는데, 이는 최면의 가장 깊은 상태에서 트랜스 대상을 제외하고 다른 모든 것에 대해 의식하지 않아야 함을 의미한다. 실험 결과 내담자는 상담사 이외의 모든 사람을 느끼고, 인식할 수 있으며, 타인과 대화까지 할 수 있을 만큼 트랜스와 관련 없었다.

각 전문가는 깊은 트랜스가 나타나면 자신에 대한 인식 수준이 바뀐다는 것, 집중한 대상에 관한 관심마저 사라진다는 점을 들어, 트랜스에 대한 정의는 전자가 될 수도 후자가 될 수도 있다고 주장한다.

PHI 협회에선 최면과 트랜스를 분리하였고, 트랜스는 필수 요소로 보지 않는다. 대신, 최소한의 주의와 관심을 요구하고 있다.

3. 라포

라포는 관계를 의미한다. 적게는 친밀감, 공감 등으로 해석되며, 많게는 관계상 특징을 모두 포함한다.

자신이 좋아하는 사람이나 믿고 따르는 사람, 비슷한 분류의 사람이 한 요구는 잘 수용한다. 반면, 싫어하고, 불신하는 사람의 요구는 잘 수용하지 않는다. 사회적 동물인 사람은 집단을 이룰때 자신과 비슷하고 자신에게 이득이 되는 집단을 찾으려 했다. 혹은 집단의 도움을 받기 위해 집단과 자신을 비슷하게 맞추고 집단으로부터 밀려나지 않기 위해 도움을 주려 한다. 집단으로부터 소속감을 느끼기 위해 한 일률적 행동은 조건이 맞을 때 피암시 반응이 높아질 수밖에 없는 본능으로 만들어졌다. 이는 라포가 상담자 말을 수용적으로 받아들이도록 할 중요한 핵심이며, 필수 요소다.

라포는 관계상 특징을 가진다. 의사와 환자, 상담자와 내담자의 라포는 친구, 가족, 친척과의 라포와 전혀 다르다. 아무리 친한 가족, 친구라도 말 못 할 비밀이 있지만, 처음 본 의사나 상담사에겐 비밀을 풀어놓기도 한다. 이처럼 집단 형태에 따라 자기 개방할 기준이 달라진다. 현대에는 서먹서먹해진다는 이유, 나를 이상하게 볼 것이라는 신념 등으로 인해 자신을 숨기거나 감정을 억압한다. 라포를 형성할 때, 어떤 종류의 관계가 될 수 있는지, 어느 정도의 친밀감, 공감을 얻어야 하는지 고려해야한다.

조직을 이룰때 집단과 집단원의 행동이 자신에게 이득이 될지 해가 될지 판단할 개개인의 기준이 있다. 즉, 특징에 따라 최면을 위한 라포가 충족되지 못할 수 있으니 주의하길 바란다.

4. 정보의 부합

누구나 자신의 신념과 사고를 지녔다. 자신의 정보가 아무리 비합리적이고 비과학적이라도 신념을 망가뜨리지 않으려 한다. 신념에 어긋난 암시, 정보를 제안하게 되면 암시뿐 아니라 상담사 자체를 부정하기도 한다.

아무리 친한 친구라도 자신이 믿는 종교를 부정하거나 과학적 이론을 부정하게 되면 눈에 불을 켜고 반박한다. 반대되는 암시를 받아들게 되면, 신념을 통해 얻었던 과거의 이득을 부정하게 된다. 이같은 현상을 부적 강화의 효과로, 신념을 유지한다. 부정적 감정을 막기 위해 대상은 회피하거나 새로운 정보를 반박해야 한다. 상담 중 가장 힘들었던 세뇌 문제를 예로 들고 싶다.

당시 대상은 가족의 요청하에 나를 찾아왔고, 어떤 종교에 빠져 헤어나오지 못하는 상황이었다. 처음 백터 프로세스에 맞춰 라포를 충족시키려 했다. 가장 쉬운 방법은 종교적 신념에 공감하고, 가족의 부정에 받은 상처를 격려해주는 것이다. 다만, 중립적인 자세를 취하고 질문을 통해 믿고 있는 것과 믿는 이유, 목적을 확인했다. 충분한 시간이 지나고 대상이 편하게 느끼는 듯했다. 확인을 위해 신념을 반박했는데, 불같이 화내며 자신을 이해하지 못하는 이단이라 소리쳤다. 문제를 해결하기 위해 다시 충분한 시간을 거쳐 라포를 만들었다. 이후 문답법을 통해 신념을 부정할 수밖에 없도록 천천히 유도했으며, 부정할 수 있는 대상의 자원이 만들어졌다. 이때 마지막으로 물었다. "당신이 가진 믿음이 좋았을지 모르겠네요. 하지만 가족과 친한 사람과 멀어지는 현재가 어떻게 느껴질지 궁금합니다. 당신 종교가 정말 당신에게 고마운 존재인가요?" 대상은 눈물 흘리며 고개를 저었다.

정보가 충돌하게 되면 순식간에 라포가 붕괴할 수 있으며, 자신을 이해해주지 못한다는 생각을 느낄 수 있다. 최면가들은 이를 방어하기 위해 우회시킨 암시를 사용하거나 어떤 과정을 통해 신념 체계를 바꿔 생각할 수 있도록 한다.

실수하기 쉬운 팁을 주자면, 무의식적 신념과 의식적 신념이 다르다는 점이다. 의식적으로 아니라는 것을 인지하지만 신념에 반대되는 행동, 행위를 할 때 불안과 공포를 느끼는 사람이 있다. 대상이 반대되는 행동을 해도 괜찮다는 신념을 심어줄 수 있도록 '체계적 둔감화'를 하거나 문제 신념이 어떻게 발전했는지, 신념을 강화한 사건은 무엇인지 확인하여 상담할 수 있다. 다만, 심리학을 공부하고 충분한 수련을 받은 사람이나 리그레이션 테라피에 숙련된 최면 전문가가 아닌이상 위 방법은 어렵다.

5. 보상

제안이나 암시를 쉽게 받아들이게 하도록, 대상은 받아들임으로써 얻을 긍정적 보상이 있어야 한다. 긍정적 보상은 강화물을 줌으로써 행동을 늘리는 정적 강화와 처벌을 제거함으로써 행동을 늘리는 부적 강화 모두 사용될 수 있다. 또한, 이와 비슷하게 암시에 반대되는 행동을 처벌하여 문제행동을 줄이고 목표 행동을 늘리는 방법도 효과적이다.

보상의 차이는 개인의 주관적 차이가 크므로 개인을 관찰할 필요가 있다. 최면가가 생각하는 보상의 범주가 대상에게 적용될 가능성이 높지만 그렇지 않을 수 있다는 점을 명심해라.

예로, 파괴적 행동 장애를 가진 청소년을 들고 싶다. 매우 반항적이고 폭력적인 이 대상에게 문제행동에 대한 처벌을 주었다고 생각해 보자. 조작적 조건 형성 원리에 따라 대상의 문제행동에 처벌을 가했기에 행동 빈도가 줄어야만 한다. 하지만 예상과 다르게 청소년의 문제 행동은 더 심해진다.

다른 예로, 가학 장애와 피학 장애, 다른 말로 사디스트(Sadist)와 매저키스트(Masochist)가 있다. 누군가를 때리거나 맞는 것에 성적 쾌감을 느끼는 사람으로서 특별한 성적 성향을 가지고 있다. 특별한 성적 성향을 유지하고자 하는 대상에게 일반적인 성적 성향으로 돌아오는 것은 보상이 아니라 처벌에 해당한다.

최면가가 멋대로 짐작해 성향을 부정한다면 대상은 매우 불쾌하고 싫어할 것이다.

보상으로서 자리잡기까지 최면가는 많은 준비를 한다. 대상의 주관적 보상을 확인하고, 그에 맞는 암시를 준다. 전혀 다른 보상과 연결되어있더라도 필요한 암시 A를 원하는 암시 B로 유인하는 등 복잡한 과정을 통해 피암시성을 높인다.

정적 강화   부적 강화

정적 처벌   부적 처벌

최면 교육 중 이런 질문을 받았다. "어떤 보상을 줘야될까?" 보상은 상황에 적합하면 언제든 바뀔 수 있다. 심지어 최면 유도가 잘된다는 인식이 있어도 보상이 되며, 상담자가 잘했다고 칭찬하는 것도 보상이 된다. 나아가 더 큰 문제를 회피하기 위해 작은 문제를 가지는 것, 자신이 믿는 신념을 유지하는 것(봉사, 종교 등), 질병으로 인해 격리되었다 해제되어 처음으로 밖에 나가는 것 등 모든 것이 개인에 따라 보상으로서 역할하게 된다.

나는 이렇게 생각한다. '삶이 고통스러워 자살을 택하는 환자도 고통을 피하기 위해 자살이라는 유일한 보상을 선택한다'라고. 자살이 유일한 보상이 아니라면 자살을 택할까? 명심해라. 보상의 방향을 어떻게 설정할지 최면가가 필히 확인해야 한다. 대상이 생각하는 범주와 존재하는 범주는 너무 다르다. 대상이 알고 있다면 명확히 바뀔 것이다. 대상에게 A라는 보상이 있다면 B라는 보상이 없는 게 아니다. 모르거나 아직 느끼지 못하는 것일 수 있다.

6. 권위

사람은 집단을 이루어 살아간다. 각 집단 안에 지도자, 권위자가 있으며, 집단원은 우두머리를 따른다.

유명 드라마 '워킹데드(Walking Dead)'에서 네건의 집단이 다른 집단A를 둘러싸고, 협박하는 장면이 있다. A집단원에게 소리치며 협박할 땐 그도 같이 화를 낸다. 반면, 우두머리인 네건이 나타나는 순간 시선이 집중되고, A집단원은 잠시 감정을 표출하다가도 금세 순한 양이 되어버리고 만다. 이후 A집단원끼리 죽이라는 비합리적인 요구에도 순응하고 따른다.

같은 집단 심지어 다른 집단에 있더라도 권위자에게 높은 피암시성을 보인다. 위 상황은 자신이 소속된 집단의 단원을 잃어 축소될 불안감, 집단원 자체를 잃어버릴 것에 대한 불안감, 또한 다른 집단이 자신과 자신의 집단을 해할 것이라는 공포 등으로 나타났을 것이다. 다른 예도 알아보자.

영화 '돈룩업(Don't look up)'에서 지구를 파괴할 혜성이 다가왔다는 소리에 사람은 크게 두 가지로 나뉜다. 곧, 죽을 것으로 생각하며 불안해하는 집단, 국가가 해결해줄 것으로 생각하며 즐거워하는 집단이다. 자신이 확인하지 못했지만, 천문학과 교수(천문학계 권위자)가 '지구가 파괴되고 곧 모두가 죽을 것'이라는 암시를 받아 불안해하는 사람이 전자이고, 천문학과 교수를 믿지 않거나 이에 반론하며 희망적인 발언을 한 대통령(미국 권위자)과 피터(휴대폰 회사 CEO; 공학 권위자)를 믿는 사람은 후자가 될 것이다. 극단적 처지에 놓인 두 권위적 측면, 권위적 암시에 영향 받는 좋은 예다.

사실 영화를 제외하고 현실에서 자주 볼 수 있는 권위적 암시가 있다. 대표적으로 병원 의사와 환자의 관계다. 의사는 환자에게 권위자이며, 자신의 고통과 신체적, 심리적 문제를 해결할 중요한 사람이다. 환자는 더 나은 삶을 살기 위해, 혹은 아프지 않기 위해 의사가 말한 조언을 모두 따르려 한다. 건강한 음식을 먹고, 3끼를 챙겨 먹고, 운동하라는 말을 들었을 때 1주일이라도 열심히 실행에 옮기는 것처럼 말이다.

한 예로, 나의 부모님을 들고 싶다. 아버지가 치매, 건망증 증상으로 의사를 찾아갔다. 가족에 치매 유전력이 있었기에 걱정한 것으로 본다. 의사는 정밀 검사를 한 뒤 뇌의 크기가 줄어들지 않았다며 치매가 아니라고 진단 내렸다. 가족 중 한 명이 유전적으로 취약하니 조심해야 하지 않냐고 물었다. 의사는 치매와 유전은 전혀 관련 없다며 버럭 소리쳤다고 한다. 그 말을 들은 부모님은 치매 걱정할 필요 없다며, 술을 마셔도 된다는 등 문제행동을 하기 시작했다. 사실 현재까지 치매가 유전과 관련 있는지 없는지 정확히 밝혀 지지 않아 전문가 간 의견 차이가 있다. 부모님은 치매와 유전이 관련 있다는 TV 방송을 지속해서 봐왔음에도 불구하고 직접 만난 의사(권위자)의 말 한마디에 이 신념이 깨지고 만다.

권위는 상황만 잘 맞춰지면 강력한 최면 요소가 된다. 자신이 가진 문제로 인해 불안감을 해소하기도 하며, 불안감을 줄이기 위해 피암시성이 높아지기도 한다. 최면 전문가, 심리학자 등 자신의 권위를 높이기 위해 내담자가 보이는 곳에 자신의 자격증을 걸며, 적극적으로 활용한다. 마치 자신이 오랜 기간 훈련받은 전문가인 척 연기하는 것도 피암시성을 높일 수 있으며, 초보 최면가에 도움을 줄 것이다.

7. 반복

암시, 제안을 반복하는 것은 대상에게 정보를 상기시키거나 강조하는 역할을 하게 된다. 또한, 원하는 Input A와 비슷한 Input A'는 대상의 신념에 어긋나지 않거나 수용될 다른 합리적 정보와 연합되어 A라는 암시를 수용하게 해줄 수 있다.

길을 걷다 듣는 음악 A, TV에서 들리는 음악 A, 주변에서 말하는 음악 A… 잘 알지 못하는 음악이었지만 계속 듣게 되는 음악은 금세 머릿속을 돌아다닌다. 폭발하는 음악의 하이라이트 부분은 가사를 외울 정도로 집중하게 되고, 어느새 한 소절만으로 그 음악이 무엇인지 눈치채게 된다. 심지어 음악을 듣지 않아도 나는 A를 계속 흥얼거리며, 가끔 머릿속에서 음악이 사라지지 않아 집중력을 흐리기도 한다. 계속 상기하여 어떤 정보를 떠올리게 하는 전자의 예다.

암시를 반복할수록 쉽게 학습한다. 학습한 정보는 장기기억으로 넘어가 의식하지 않아도 암시를 반복하거나 상기하기도 한다. 문제는 어떻게 반복된 암시를 주는지다. 옆에서 "공부해!"라고 부모가 계속 잔소리하면 아이는 방에 들어가 공부하기는커녕 몰래 게임을 하기 바쁘다. 공부해봤자 부모는 당연한 행동이라며, 무시하거나 처벌하지 않는 게 전부다. 또한, 몰래 게임해도 부모가 알아채지 못하며, 같은 보상을 주게된다. 현대 최면가의 문제는 바로 이곳이다. 암시를 반복한다고 암시를 따른다는 의미가 아니다. 주어지는 반복적 Input이 Output을 이끌지 않는다. 오히려

Input의 반대 방향으로 갈 수도 있다.

우리의 초점은 Output에 맞춰야 한다. 청개구리같이 반응하는 사람에겐 Output과 Input을 맞추기 어렵다. 반대되는 Input을 준다고 해서 Output이 원하는 방향으로 가지 않는다. 그렇다면 대상의 욕구에 Input을 맞춰라. 이것이 Input A`에 해당하는 후자다.

암시는 각기 다른 시간에 다른 형태의 정보로 여러 번 부여하는 것이 효과적이다. 대상이 욕구에 맞춰 암시하고, 말뿐만 하는 암시는 큰 의미가 있지 않을 수 있음을 꼭 명심해라.

최면 심화
The deepening of hypnosis

심화가 없는 최면 유도는 의미 없다. 심화가 있어야만 충분한 깊이를 형성하고, 원하는 암시 반응을 만들 수 있다. 어떤 최면가는 사실상 눈을 감은 것으로 유도가 종료되고, 나머지는 심화라고 한다. 다시 말해, 데이브 앨먼의 3분 루틴 중 고정 응시 이후 눈을 감기는 것까지가 최면 유도이며, 나머지는 전부 심화라는 것이다. 하지만 나는 심화 자체가 유도 과정 중 하나로 보기 때문에 그 주장은 잘못됐다 생각한다.

https://youtu.be
/FXOWNzWeFMs

일반적인 심화 기법

1. 호흡 심화
2. 숫자 심화
3. 팔 떨어뜨리기
4. 태핑

5. 예스 세트
6. 컴파운딩 암시
   ...etc.

www.phihypnosis.com/
online-market

상위 교육 과정

Professional Hypnotherapy Int.

심화 기법의 기본 틀은 "'무엇'하면 깊어진다."라고 암시하는 것이다. '무엇'에 대한 암시를 어떻게 주는지에 따라 명칭이 달라질 뿐 큰 차이는 없다. 그렇다고 하면 수백, 수천 가지도 만들 수 있으니 자신에게 쉽고, 많은 대상에게 사용할 수 있는 방법을 고려하면 좋을 것 같다.

1. 호흡 심화

호흡하면 이완된다는 암시를 주는 방법이다. 일반적으로 호흡을 마실 때보다 내쉴 때 힘을 적게 사용하므로 내쉴 때 이완하라는 암시를 준다. 심리적으로 이완하려는 시도와 신체 이완이 연합되어 시너지 효과가 나타난다는 전문가 주장이 있다.

예시 1 : "매 호흡마다 두 배씩 이완하세요."

예시 2 : "깊이 심호흡해보세요. 그리고 호흡을 내쉴 때 두 배씩 이완하세요."

---

2. 숫자 심화

숫자를 세면 이완된다는 암시를 주는 방식이다. 내담자가 호흡을 내쉴 때, 상담자가 숫자를 세주며, 세는 숫자 사이에 점점 더 이완된다는 등의 암시를 주면 효과적이다. 숫자는 보통 1~3, 1~5, 1~10을 사용한다. 10을 넘어가면 의식적 노력이 필요하기에 10 이상을 사용하지 않는 최면가가 있다.

추가로 사람은 순방향으로 숫자를 세며 학습한다. 역방향으로 세는 것보다 순방향으로 세는 것이 더 적은 노력을 소모하며, 이완을 유도하는 심화 기법에 숫자를 순방향으로 세야 하는 이유로 설명하는 전문가도 있다.

예시 1 : "저는 숫자를 1부터 3까지 셀 것입니다. 매 숫자마다 두 배씩 이완하세요. 하나… 이완이 두 배가 되기 시작합니다. 둘… 더 편안하게… 더 완벽하게… 셋… 이완이 두 배가 되었습니다."

예시 2 : "저는 숫자를 1부터 5까지 셀 것입니다. 숫자 5를 세면 이완이 두 배가 되도록 하세요. 하나… 이완이 두 배가 되기 시작합니다. 둘… 이렇게 편안하게 몸을 이완하면 마음도 이완할 수 있습니다. 셋… 그럼 마음을 이완하면 당연히 몸도 두 배씩 이완될 겁니다. 넷… 놓아버리세요. 더 깊이… 더 편안하게… 다섯… 이완이 두 배가 되었습니다."

3. 팔 떨어뜨리기

 팔을 떨어뜨리면 이완된다는 암시를 주는 방식이다. 팔을 들 때 자극적이지 않도록 하며, 신체에 닿는 접촉면을 줄이라 주장하는 전문가가 있다. 모 협회에선 손가락 두 개만을 사용하도록 교육한다. 특히, 겨울이나 여름에 예민한 온도 변화, 이성 간의 신체접촉 역시 큰 자극이 되는데, 상호 간 동의를 받는다고 해도 사람에 따라 불쾌감을 느낀다. 이런 경우를 대비해 신체접촉을 최소화하는 것을 중요시하는 전문가가 있다. 반면, 라포가 충족된 대상은 신체접촉을 더 편하게 느끼므로, 상황에 따라 구별해 사용하는 것을 추천한다.

이렇게 글을 썼더라도 과도한 신체접촉은 절대 삼가라. 성적 욕구를 해소하기 위한 목적이 아닌 이상, 그리고 Sexual Hypnotist가 아닌 이상 대상과 상담자 모두 좋지 않은 경험을 할 테니 말이다.

예시 1 : "(팔 하나를 들고) 잠시 후 제가 이 팔을 떨어뜨리면 두 배 더 이완하세요. (떨어뜨리며) 두 배 더 이완하세요. (반대쪽 팔을 들고) 반대쪽 팔 역시 떨어질 때 두 배 더 이완하세요. (떨어뜨리며) 두 배 더 이완하세요."

예시 2 : "(팔 하나를 들고) 두 배 더 이완하세요. (오른손이라면 시계방향으로 왼손이라면 반시계방향으로 3~5회 회전시킴)(같은 팔을 들고 무릎 위에 위치) 다시 한번 더 제가 이 팔을 떨어뜨리면 두 배 더 이완하세요. (떨어뜨리며) 두 배 더 이완하세요. (반대쪽 팔을 들고) 반대쪽 팔 역시 떨어질 때 두 배 더 이완하세요. (떨어뜨리며) 두 배 더 이완하세요(오른손이라면 시계방향으로 왼손이라면 반시계방향으로 3~5회 회전시킴). (같은 팔을 들고 무릎 위에 위치) 다시 한번 더 제가 이 팔을 떨어뜨리면 두 배 더 이완하세요. (떨어뜨리며) 두 배 더 이완하세요.

(모 협회에서는 두 손가락을 팔꿈치에서 손목으로 옮겨, 팔을 들도록 훈련한다.)

4. 태핑

태핑은 두 가지 역할을 한다. 본능 그리고 학습과 관련해 이완시킬 수도, 긴장시킬 수도 있으며, 비언어와 관련된 정보 전달도 할 수 있다. 예를 들어, 어깨를 천천히 토닥이는 경우 괜찮다고 격려하는 의미가 되며, 손가락으로 빠르게 두 번 두드리면 나를 보라는 의미, 집중하라는 의미 등으로 사용한다. 추가로 대상의 심장 박동에 맞춰 태핑 하다가 점점 느리게 태핑 하는 경우 대상의 인지하게 박동이 느려지거나 편안하게 느끼기 시작한다. 손을 따라 전달되는 체온 역시 대상은 편안하고 지지받는 느낌이라고 말한다.

태핑은 어떤 기법과도 결합할 수 있는 방법이다. 태핑 하면 이완된다는 방식을 넘어, 태핑 자체가 어떻게 사용되느냐에 따라 대상이 받는 느낌이 달라진다. 이완을 유도하고 피암시성을 높이기 위해 상담자는 최대한 지지자, 조력자의 역할을 가지는 것이 좋다. 단순히 어깨에 손을 올리는 것만으로 편안함을 느끼는 경우가 많으니 적극적으로 활용하자.

예시 1 : "(어깨에 손바닥을 올린 후 천천히 토닥인다) 제가 이곳을 두드릴 때마다 힘을 빼고 편안하게 이완하세요."

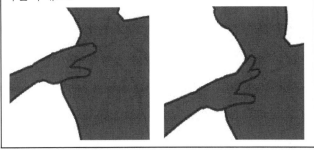

예시 2 : "(어깨를 손가락으로 살살 두드리며) 괜찮아요. 무엇이 떠오르든 편안하게 호흡하세요. 점차 편안해질 테니까요."

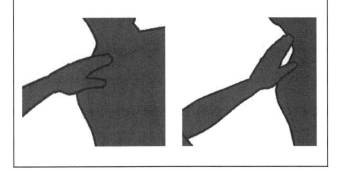

5. 예스 세트

예스 세트는 긍정 대답(Yes)a을 반복할 때, 다음 나타 난 암시나 제안에 대해 수용할 가능성이 커진다는 원 리의 NLP 기법이다. 예스 세트를 통해 심화 기법을 사용할 수 있는데, 내담자의 현재 상태를 여러 개 말 해주고, 이후 심화 암시를 주는 방식이다.

일부 교육장에서 해당 기법을 외부에서 들어오는 잡 음이나 소음을 무력시키기 위해 사용할 수 있다 주장 한다. 하지만 충분한 깊이가 형성되지 않는한 큰 도움 을 받을 수 없다. 귀를 거슬리게 하는 외부적 자극을 수용할 수준의 깊이가 만들어지지 않았다면 자극을 무력시킬 암시로 작동하지 않을 것이며, 깊이가 형성 됐다면, 이미 상담을 위한 충분한 깊이를 충족한 상태 일 것이다.

> 예시 : "당신은 (부정할 수 없는 상태)하고 있습니다.
> X3
> 그리고 이 모든 것이 당신을 이완시킵니다."

6. 컴파운딩 암시

컴파운딩 암시는 서로 다른 영역의 심화를 연합시킨 암시이다. A 하면 B가 심화되고, B 하면 A 된다는 암시이기에 상호 보완 관계의 암시를 준다.

예시 : "이렇게 몸을 이완할 때마다 마음이 이완됩니다. 또한, 마음이 이완될 때마다 몸이 이완됩니다."

다른 원리를 가진 심화 기법

1. 프랙셔네이션
2. 피라미딩
3. 심상화
4. 매칭
5. 트리거
6. 후 최면 암시

7. 더블 바인딩
8. 컨빈서
9. 컨디셔닝
   ...etc.

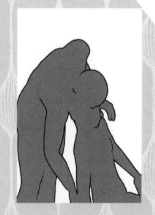

1. 프랙셔네이션

프랙셔네이션은 최면을 여러 번 반복했을 때 암시 반응성을 높일 수 있다는 원리로 만들어졌다. 자전거를 처음 타면 어렵지만 여러 번 반복하면 의식하지 않아도 쉽게 탈 수 있는 것처럼, 최면을 훈련하고, 익숙해지는 것과 같은 의미다. 또한, 이완하는 과정에 상태 트리거(최면 상태 등으로 돌아오라는 암시)를 사용하여 시너지 효과를 얻는 목적으로 사용하기도 한다.

프랙셔네이션의 기본 틀은 각성과 유도를 반복하는 것으로 다양한 방식이 존재한다. 눈을 뜰 때 트랜스를 붕괴시킬 가능성이 없도록 시야를 가려주는 것이 일반적이지만, 상황에 따라 더 큰 반동을 주기 위해 가리지 않는 때도 있다.

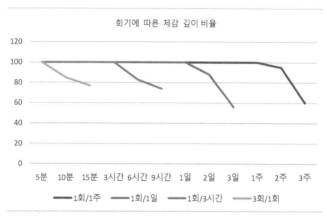

회기에 따른 체감 깊이 비율

- 75명을 기준으로 조사한 통계 -

방식 1

잠시 후 제가 셋을 세면 눈을 떠주세요. 그리고 제가 다시 눈을 감으라고 할 때 눈을 감고 두 배 더 몸과 마음을 이완해주세요. 하나, 둘, 셋, 떠주세요. 감으세요. 두 배 더 이완하세요.

방식 2

제가 슬립이라고 말하면 눈을 감고 지금 느끼는 이 상태로 돌아오세요. (상태 트리거 형성) 잠시 후 제가 셋을 세면 눈을 떠주세요. 하나, 둘, 셋, 떠주세요. 슬립 (감지 않으면 감으라고 암시)

방식 3

잠시 후 제가 셋을 세면 눈을 떠주세요. 그리고 눈꺼풀이 점점 더 무거워져 눈이 감기면 지금보다 두 배 더 몸과 마음을 이완해주세요. 하나, 둘, 셋, 떠주세요. 점점 더 눈꺼풀이 무거워집니다. 더 무겁게…. 더 아래로…. (목 뒤를 손가락 하나로 살살 누른다. 혹은, 양 관자놀이 위쪽을 한 손으로 지그시 아래로 눌러 눈꺼풀에 압력을 가한다) (눈을 감으면) 두 배 더 이완하세요.

위 방식은 대표적으로 사용되는 프랙셔네이션이다. 이 기법에 트리거를 사용하거나 시간차를 두거나 대화를 하는 등 방식을 분화하여 사용된다. 그렇게 세분화하면 약 20가지가 되며, 암시 테스트까지 진행하면 약 40가지가 된다.

프랙셔네이션 대표 패턴

1. 방식
- 암시에 의한 떴다 감기
- 트리거에 의한 떴다 감기
- 이데오 모터를 이용한 떴다 감기
- 피라미딩과 연합 (혼란경악기법 사용 등)

2. 행동
- 접촉형과 비접촉형
- 시야 제공과 제거
- 고정 응시의 사용과 미사용
- 눈을 감을 때 비언어 암시의 사용과 미사용

3. 기타
- 대화를 통한 상태 일반화
- 시간차를 통한 상태 확인 (Covert Test 등)
- 암시 반응 테스트의 사용과 미사용

2. 피라미딩

피라미딩은 인덕션 이후 각성하지 않은 채 다시 인덕

션을 사용하는 것이다. 인덕션이 종료된 이후엔 인덕션 기법도 하나의 심화 기법으로 작동된다, 반면, 시간이 긴 인덕션은 대상의 집중력을 떨어뜨려 암시 반응성이 낮아지기에 주의해야 한다.

3. 심상화

심상화는 상상을 통해 특정 상태를 유도하는 방법이다. 일반적인 최면 상담사는 내담자가 편안함을 느낄 수 있는 상황을 떠올리게 하며, 오감 질문, 감각 질문을 통해 장면을 더 뚜렷하게 만든다. 심화를 위해선 내담자가 충분히 이완되고 편안함을 느껴야 하며, 이후 장면을 지우고 이완하도록 암시한다.

4. 매칭

NLP에서 생리적인 영역의 페이싱(Pacing) 기법을 매칭(Matching)이라고 한다. 내담자의 감정, 감각, 무의식적 행동, 반응 등을 같게 하여, 공감, 편안함으로 라포를 형성할 수 있다. 대상과 높은 라포를 형성하면 더 편안하고 수용적인 마음 이완 상태가 된다. 최면 유도 과정엔 호흡을 맞춰주거나 언어 패턴, 음량, 감정 등을 맞춰준다.

5. 트리거

트리거는 조건화 원리를 따른다. A라는 자극과 B라는 행동을 연합하는 것으로 감각 또는 상태가 강렬하고 자극적일수록 효과적이다. 자극적으로 만들기 위해 최면가는 대상이 느끼는 감각에 집중하게 하며, 오감을 떠올릴 질문을 쏟아낸다. 다만, 사용 범위가 넓으므로 각 상황에 따른 방식을 알아 두면 좋다. 특히, 최면 상태, 유도된 상태의 감각은 편안하고 자극적이지 않다. 굳이 암시한다면, "편안해진 지금 상태에 집중해보세요." 정도인데, 큰 의미를 둘 수 없다. 그 때문에 상태 트리거는 여러 번 반복, 암시하고, 연습시키는 편이 더 효과적이다.

심화 기법으로서 팁을 주자면, 심상화와 함께 써보길 추천한다. 먼저 편안, 이완과 관련된 각기 다른 2~5가지 상태에 트리거를 설치한다. 2~5가지의 트리거는 심화 기법이 잘 작동하지 않을때 사용하면 큰 효과를 볼 수 있다.

이 방식은 크게 두 가지 원리로 나타나는데, 하나는 이완과 관련된 상태를 복합적으로 불러오는 것이고, 남은 하나는 다른 상태를 순식간에 바꾸는 형태로 관련된 변화가 나타난다. 각 상태를 움직이기에 마치 프랙셔네이션처럼 이완 훈련 효과가 나타나고, 혼란 기법 효과가 나타난다. 후자를 사용할 땐, 긴장할 만한 장면도 섞어 더 큰 반동을 얻는 전문가도 있다.

예시 1 : "제가 슬립이라고 하면, 지금 느끼는 편안함으로 돌아오세요."

예시 2 : "제가 당신에게 슬립이라고 말하면, 즉각적이고 자동적으로 눈을 감고, 지금 느끼는 편안하고 완벽한 상태로 돌아옵니다."

6. 후 최면 암시

후 최면 암시 역시 트리거와 같은 범주다. 최면이 끝난 후, 각성 후에 작동하도록 암시주는 형태이며, 최면의 깊이와 암시 방법에 따라 성공을 좌우한다.

> 예시 : "이 시간 이후 저와 최면을 연습할 때마다 더 쉽게 깊이 이완할 수 있습니다. 최면을 계속하며 발전하는 것은 당연하니까요."

7. 더블 바인딩

더블 바인딩(Double Binding : Double Bind)은 이중 구속이라는 뜻이며, 대상이 받은 선택권 내에서 고를 가능성이 크다는 원리로 만들어졌다. 하지만 A와 B라는 암시에 C라는 기본 전제가 포함되어 있어 어떤 것을 선택하건 C라는 암시를 선택하게 되는 것이다. 대상은 자신이 선택했다는 착각에 빠지겠지만 결국 선택은 최면가가 하는 것이다.

한동안 더블 바인딩 기법이 세간에 자주 언급되었다. 그 때문에 대상은 주어진 선택 외 결정을 하는 등 이 기법이 본 역할을 잘 하지 못했다. 하지만 다시 잊어지고 있어 현재 무리 없이 사용하고 있다. 무의식이 목표인 기법이기에 의식은 최대한 눈치채지 않도록 함이 좋을 것 같다.

예시 1 : "힘을 빼거나 의식을 놓아보세요." (이완하라는 기본 전제가 포함되어있다.)

예시 2 : "지금 이완하거나 잠시 후 이완하는 것 중 어떤 것이 좋은가요?" (이완하라는 기본 전제가 포함되어있다.)

예시 3 : "저랑 커피 마시면서 이야기할래요? 아니면 맛있는 빵집 알고 있는데, 그쪽으로 갈래요?" (자신과 시간을 보내자는 전제가 포함되어 있다.)

8. 컨빈서

최면적 반응을 보여주며, 자신도 최면에 걸릴 수 있다는 확신을 준다. 최면에 걸려있다는 믿음이 생겨 더 쉽게 반응할 수 있도록 한다. 카탈렙시 반응, 망각 반응, 환각 반응 모두 사용할 수 있다. 간혹 에스데일을 성취한 대상이 전혀 힘들이지 않고 자신의 다리를 들고 있었던 것에 대해 깜짝 놀란다. 에스데일과 씨코트 상태를 포함한 모든 최면 반응은 이전에 해봤던 경험이 없기에 신비롭게 느낀다. 자신도 최면할 수 있다고 믿으며, 더 깊은 상태에 도달할 수 있다는 확고한 신

념을 가지게 된다. 이 신념은 자신이 주는 높은 피암
시반응이자 무의식적 행동에 영향 끼칠 요소가 된다.

반대 원리로 컨비서를 시도하다 실패하는 경우 피암
시성은 떨어지게 된다.

9. 컨디셔닝

컨디셔닝은 조건형성을 의미한다. 이완과 연합될 수
있는 여러 도구, 상태를 이용하는데, 대체로 이완을
연습할 때마다 특정 장소, 소리, 향 등을 이용한다. 다
만, 섣불리 사용하게 되면 역효과를 만들기에 주의해
야 한다. 과거, 비슷한 도구와 긴장, 불안을 야기할 경
험이 연합되어 있다면 그 도구는 컨디셔닝을 위해 사
용하기 어렵다. 중립적이고 자주 경험해 볼 수 없는
도구가 좋으며, 명상에 사용되는 도구(이미 이완과 연합
된 도구), 대상이 잘 알지 못하는 도구(중립적 도구), 상담
과 관련된 도구(상담사 목소리, 장소, 대상의 상태 등)에 연합
하면 좋다.

최면의 깊이

(Asni Scale from Professional Hypnotherapy International

(PHI))

Asni 최면 척도는 PHI 협회의 한 척도이며, 일반적인 최면 척도와 다르게 깊은 최면 유도를 위해 만들어졌다. 각 상태에 도달한 대상은 차례로 암시 반응을 테스트하며, 컨빈서 효과를 받게 된다. 나타날 상태에 대해 예측할 수 있다면, 컨빈서를 효율적으로 사용할 수 있게 된다.

1. 수용 상태 (Comply State)
최면가의 말을 수용하고 따르는 상태
가장 기본적인 상태이며, 수용 상태 없이 최면 유도가 어렵다.
특정 목적의 위반, 라포 부족 등의 이유로 수용 상태가 나타나지 않을 수 있다.

2. 힙노이들 상태 (Hypnoidal State)
최면의 가장 얕은 상태
눈꺼풀 카탈렙시

3. 얕은 최면 상태 (Light Hypnotic State)

팔 카탈렙시

손가락 카탈렙시

얕은 감각 이전

4. 중간 최면 상태 (Middle Hypnotic State)

다리 카탈렙시

풀 바디 카탈렙시

실어증(의도적+자발적)

5. 장갑 마취 상태 (Glove Anesthetic State)

장갑 마취 반응

6. 섬냄뷸리즘 경계 (Borderline of Somnambulistic State)

간단 망각 (1~3개의 키워드 망각)

눈 뜨고 최면 유지

7. 얕은 섬냄뷸리즘 (Light Somnambulistic State)

얕은 마취 반응

얕은 플러스 환각 (희미함)

강한 감각 이전

약한 감각 항진

8. 중간 섬냄뷸리즘 (Middle Somnambulistic State)

부분 마취 (작은 수술 가능)

9. 깊은 섬냄뷸리즘 (Deep Somnambulistic State)

완전 망각

플러스 환각

10. 프로파운드 섬냄뷸리즘 (Profound Somnambulistic State)

완전 마취

마이너스 환각

자발적 망각

감각 항진

11. 에스데일 상태 (Esdaile State)

암시 반응 X

자발적 전신 마취

카타토닉 반응

동공 반사 X

의식 혼미 (개인차 존재)

점진적 이완
Progressive relaxation

점진적 이완은 신체 이완을 통해 마음 이완을 유도하고, 편안해진 마음을 따라 비판력이 낮아지는 원리다. 비판력이 낮아짐에 따라 암시에 대한 반응이 수용적으로 바뀐다. 반면, 신체 이완을 통해 마음 이완이 자연적으로 유도되는 방식이기에 상당한 시간을 소요한다. 경험상 신체가 이완되었다고 해서 끝이 아니라 이완된 상태를 마음 이완이 나타날 때까지 상당 시간 유지하고 있어야 한다.

현대 심리학에선 명상 기법과 더불어 자주 쓰이고 활용 가능성이 큰 기법으로 알려져 있다. 특히, 학습 심리학에서 사용되는 체계적 둔감화, 노출 및 반응 방지법 등 직접적인 치료 방법에 사용되고 있다. 반면, 최면 협회에선 점진적 이완이 오래 걸리며, 대상이 잠에 빠질 수 있다며 부정적으로 보고 있다. 경험상 잠에 빠지는 대상은 극소수며, 전날 밤잠을 이루지 못해 피곤하거나 막대한 체력을 소모한 상황이다. 항상 긴장 속에 빠져 사는 현대인에겐 점진적 이완 자체로 쉽게 휴식할 수 있다.

- 일반 -

1. 사전 설명

점진적 이완에 대한 설명 및 이해가 필요한 경우 진행한다. 최면을 받으러 온 내담자는 대체로 새로운 감각이나 상태를 경험할 거로 생각한다. 언론을 통해 잘못 알려져 최면에 대한 부작용, 초현상, 종교적 신념 등을 최면 현상과 관련짓는다. 심한 경우 이런 현상만을 최면이라 치부한다.

대상은 최면에 대해 잘 알지 못하기에, 환상이나 기대를 가지고 나를 찾아온다. 문제는 환상을 가지고 접근하게 되면, 혹시 모를 불안감과 신념이 대상을 긴장하게 하고, 암시를 이해 못 하거나 행하지 않는 상황이 생긴다. 그러므로 상담하기 전 이완이 방해되지 않도록 최면과 인덕션에 대해 충분히 이해시켜야 한다.

2, 점진적 이완

신체 부위를 나누어 점진적으로 이완 훈련을 한다. 대체로 말단부위에서 반대에 위치한 말단으로 이완한다. 즉, 머리부터 발 또는 발부터 머리로 진행한다.

3. 직접 암시

점진적 이완이 종료되면 최면에 들어간다는 암시를 줄 수 있다. 불필요한 행동이지만 최면가에 따라 사용하기도 한다. "이제 깊은 최면으로 들어갑니다.", "몸이 이완된 만큼 더 깊은 최면에 들어갑니다." 등으로 사용되는데, 오해를 설명하지 못한 최면가, 이해하지 못한 내담자로 인해 최면이라는 느낌을 찾는 경우가 생길 수 있다. 느낌을 찾지 못한 대상은 최면이 안되고 있다는 불안감과 '이게 맞나?'싶은 생각으로 이후 상담을 방해할 것이다. 그 때문에 나는 대상이 이해했다는 확신이 없다면, 암시 없이 바로 상담을 진행한다.

장점

1. 신체 이완을 하지 못하는 대상에게 훈련을 목적으로 사용할 수 있다.

극도로 불안하거나 우울한 사람은 신체 이완을 어려워한다. 문제 감정으로 인해 항상 긴장되어 이완을 방해받기 때문이다. 하지만 이 유도 방식은 이완을 쉽게 훈련할 수 있도록 만들어진 방식이기에 반복한다면 깊은 이완을 만들기 쉬워진다.

2. 체계적 둔감화, 노출 및 반응 방지법 등 방대한 영역에 사용할 수 있다.

점진적 이완을 심리 치료, 심리 상담에 널리 사용되는 부가적 기법이다. 예를 들어, 긴장과 이완은 서로 양립할 수 없는 구조다. 이를 이용해 긴장, 불안 상황을 떠올린 뒤 신체를 이완시켜 역조건화를 만드는 방식인 노출 기법이 있다.

3. 인지하지 못했던 근육 이완에 도움 된다.

인지하지 못했던 근육이 의외로 많다. 점진적 이완을 통해 유도한 사람을 보면, 각, 근육군을 지날 때 신체가 살짝 움직이는 것을 볼 수 있다. 특히, 자신이 인지하지 못했던 근육을 지칭해, 이완하라 하면 뚜렷하게 볼 수 있다. 즉, 자신이 힘을 뺐다고 인지해도 긴장된 근육이 있을 수 있다는 것이다. 점진적 이완은 이런 부분을 인지하게 할 수 있고, 깊은 신체 이완, 섬세한 신체 이완을 유도할 수 있는 기법이다.

단점

1. 유도 시간이 기므로 대상이 잠들 수 있다.

점진적 이완의 유도 시간은 일반적으로 10~20분 정도로 매우 긴 편에 속한다. 또한, 신체를 이완하는 암시의 특성상 잠을 자기 직전의 상태와 매우 비슷하다. 그 때문에 피곤한 사람이나 잠을 매우 잘 자는 사람은 점진적 이완으로 인해 잠에 빠지기도 한다. 잠에 빠지게 되면 암시에 반응하지 않기 때문에 흔들어 깨운 뒤 다시 최면 유도를 해야 하는 상황이 될 수 있다.

반면, 대상이 전날 잠을 설쳤거나 피곤에 찌들어있는 경우가 아니면 쉽게 볼 수 없다.

스크립트
(도서. 하루 한 장 명상 中)

https://youtu.be/kmOruGeC5mk

눈을 감고, 크게 심호흡해보세요(심호흡)(소리). 숨을 내쉬면서 천천히 힘을 빼봅니다. 다시 한번 더 크게 심호흡하며(심호흡)(소리) 힘을 뺍니다. 쉽죠? 다시 한번 더 (심호흡) (소리) 좋습니다.

내 몸 전체에 새로운 공기가 꽉 찰 수 있도록 심호흡을 했습니다. 일부의 사람들은 몸이 뜨거워진다거나 시원해진다거나 저리다거나 어지럽다거나 여러 가지 느낌을 받을지도 모릅니다. 하지만 상관없습니다. 그 느낌 그대로 다시 깊이 심호흡해보세요. (심호흡) (소리)

이제 자신의 발가락에 의식을 두세요. 내 발가락은 어떤 모양을 가졌는지, 어떤 모습을 하고 있는지 그냥 느껴보는 겁니다. 발톱에서 발톱과 연결된 살, 발가락 끝, 살이 감싸고 있는 근육, 그 근육보다 깊은 곳에 머무르고 있는 뼈 모두 하나하나 느껴보는 겁니다. 지금 당신이 느끼고 있는 것이 현실이건 그렇지 않건 상관없습니다. 하지만 내가 내 손을 집중해서 관찰하듯 내면 깊숙한 곳까지 느껴보세요.

이제 그 느낌을 따라 힘을 빼볼 겁니다. 우리가 통제할 수 있는 근육부터 힘을 빼보세요. 힘이 빠졌다 싶으면 그보다 더 깊이 완전히 힘을 빼는 겁니다. 힘을 빼고 우리가 통제할 수 없다고 느꼈던 뼈와 살까지 그 이완의 느낌을 퍼뜨려보세요. 퍼짐에 따라 정말로 힘이 빠지고 있는 건가 의심이 들지도 모르겠습니다. 하지만 상상이어도 상관없어요. 놓아버리고 더 편안하게…. 더 편안하게……. 직접 만들어보는 겁니다. 아마 내 발가락에 있는 모든 힘을 빼고 유지하는 것이 지금까지 느꼈던 평소의 느낌과 다르다고 느끼는 사람은 거의 없을 겁니다. 왜냐하면, 대부분 사람이 힘을 빼고 살 수 있지만, 그것을 인식하지 않았으니까요. 반면, 어떤 다른 느낌이 있다면 매일 매일 에너지를 사용했던 것처럼 더 깊이 회복할 수 있도록 조금만 더 유지해보세요.

쉽죠? 이완, 힘을 빼는 것은 이렇게 단순하고 간단한 행동입니다. 이제 발가락의 이완된 느낌을 그대로 따라 더 많이 힘을 빼봅시다. 발가락에서 발등, 발 등에서 발바닥, 발바닥에서 발꿈치, 발꿈치에서 발목까지 힘을 빼보세요. 이렇게 힘을 빼는 동안 우리는 그저 그곳에 의식을 둡니다. 내가 둔 그 의식이 내가 그동안 느끼지 못했던 모든 부분을 인식하게 하고 느끼지 못했던 근육 모두를 찾아 직접 힘을 뺄 수 있도록 해줄 겁니다. 느껴보세요. (소리) 느끼는 것만으로도 지금 두 배 더 깊이 힘을 뺄 수 있을 겁니다. (소리) 더 깊이…. 더 편안하게 (소리) (소리)

이제 그 이완된 느낌은 더 깊숙하게 퍼져나갑니다. 당신의 뼈와 근육을 따라. 모든 것을 이완시키며 무릎까지 퍼져나갈 것입니다. 스스로 그렇게 만들고 허용한다면 그 어떤 것보다 쉽게 놓아버릴 수 있을 겁니다. 당신이 그것을 놓아버린다고 해서 어떤 문제가 되는 것이 아닙니다. 놓아버리세요. 그 모든 것을 놓아버리고 그저 이완할 수 있게 하여보는 겁니다. 더 깊이…. 더 희미하게…. 놓아버리세요.

내가 이렇게 놓아버리게 되면 당연히 나의 몸과 마음이 편안해지게 될 겁니다. 또한, 나의 몸과 마음이 편해진다면 그 역시 더 쉽게 놓아버릴 수 있게 될 것입니다. 지금 내가 의식을 두고 있는 다리는 지금처럼 더욱 깊이 이완될 수 있도록 허용하며 놓아버리세요. 그렇다면 내가 의식하지 못한 다른 부분까지 이완이 쉽게 퍼질 수 있게 될 것입니다. 놓아버리세요. 놓아버리세요. (소리)

이제 조금 더 쉽게 이완을 퍼뜨려봅시다. 이완된 느낌이 내 양 무릎 사이사이의 힘을 놓아버리게 하며 양 허벅지의 크고 작은 근육마저 모두 편안하게 이완할 수 있도록 만들어줄 것입니다. 그 느낌을 조금 더 쉽게 퍼질 수 있도록 지금보다 2배 더 힘을 빼고 놓아버리세요. 그러면 자연스럽게 뼈에 가까운 근육 끝까지 모두 힘이 빠질 수 있도록 만들 수 있을 겁니다. 지금보다 2배 더 편안하게…. 더 깊이……. 놓아버리세요…. 더 깊이…. 더 편안하게…. 힘이 빠졌다 싶으면 지금보다도 더 힘을 빼는 겁니다. 놓아버리세요.

이완의 느낌은 점점 더 퍼지며 등으로 퍼져나갑니다. 등에 힘을 빼며 내 허리를 지탱하고 있는 옆구리와 등 근육, 척추에 가까운 근육까지 의식을 두고 힘을 빼보세요. 힘이 빠졌다 싶으면 척추를 따라 어깨와 어깨에 연결된 목 근육 하나하나까지 힘을 뺍니다. 어깨에 힘이 빠지니 나의 팔까지 힘이 빠지고 내 두 팔의 모든 크고 작은 근육들마저 이완되고 힘이 빠지는 것을 느껴보세요.
어깨의 근육과 뼈를 천천히 따라 그 흐름에 맞춰 팔꿈치의 연결 부위 하나하나까지 편안하게 내려놓습니다. 그러면 당연히 자연스럽게 손목까지의 근육에 힘을 뺄 수 있게 되며, 그 느낌을 따라 손목으로 손목에서 손 등과 손바닥으로…. 그리고 손가락 마디마디를 모두 통과하며 손가락 끝까지 힘을 빼고 놓아버리세요.

제가 하나부터 다섯까지 숫자를 세면 내 몸과 마음을 더 깊이 이완하고 더욱 깊이 평온하게 만들어보세요. 어려울지도 모르겠지만 할 수 있습니다. 놓아버리세요. 하나…. 몸이 점점 더 깊어집니다. 둘…. 내 몸이 이렇게 이완되는 만큼…. 셋…. 내 마음은 더욱 깊이 이완됩니다. 넷…. 내 마음이 이완되는 만큼…. 다섯…. 내 몸 역시 더 이완됩니다. 그저 허용하고, 그저 놓아버리세요. 제 목소리를 듣는 것만으로도 더 깊이 이완할 수 있도록…. 더 깊이 회복할 수 있도록…. 직접 만들어보는 겁니다. (잠시 휴식)

이제 이완의 느낌은 목 근육과 척추를 따라, 기도를 따라 위로 갑니다. 내가 인지하지 못했던 목의 피로까지 모두 놓아버릴 수 있을 정도의 힘을 빼고 더 깊이…. 더 깊이 이완하세요. 그 즉시 더 편안하게…. 더 편안하게 힘을 뺄 수 있을 겁니다. 어쩌면 이렇게 평온하고 자유로워진 이 느낌이 이완이라는 느낌에서 오는 것이 아니라 내가 지금 느끼고 있는 몸 하나하나의 의식으로부터 오는 것일 수 있습니다. 내가 허용하며, 내가 내려놓으며 나타나는 자동적인 현상입니다. 놓아버리세요….

자유로워진 몸을 따라 내 뒤통수와 머리끝까지 그리고 그 느낌을 따라 이마까지 힘을 빼보세요. 내가 통제할 수 없는 부분일지 몰라도 내가 인식하고 허용함에 따라 점점 더 편안하게 만들 수 있습니다. 이 이완된 느낌이 머리 깊숙한 곳까지 따라 점점 더 깊이….
점점 더 시원하게 만들어보세요. 그 느낌은 점점 더
퍼져 내가 허용할 때마다 다시 한번 더 척추에 연결된
모든 신경 다발과 같이 몸 전체의 힘을 뺄 수 있도록
도와줄 겁니다. 이는 제가 그렇게 하라고 해서 나타나
는 현상이 아닙니다. 내가 허용하며 나타나는 당연한
현상입니다. 그냥 그렇게…. 그저 그렇게…. 놓아버리
세요.

이완의 느낌은 이마에서 눈으로, 눈꺼풀로, 미간으로,
코끝으로, 코끝에서 주변 광대까지 쭉 퍼져나갑니다.
퍼져나간 이완은 당연히 그와 연결된 뺨, 인중, 입술,
입안, 턱까지 퍼져나갈 겁니다. 다시 한번 더 귀와 귓
불, 귓구멍과 그 안의 고막까지 의식을 두고 이완합니
다.

내 몸을 느껴보세요. 하나하나 나눠 이완하는 연습을
한 내가 얼마나 편안하고 자유로워질 수 있는지, 내가
느끼는 것만으로도 내가 더 쉽게 이완할 수 있게 되
며, 이를 반복하면 반복할수록 더 깊어지게 될 것입니
다. 그 때문에 내가 이 이완을 즐기게 될 때 나는 점점
더 깊어지게 됩니다. 내가 몸을 이완하는 그것뿐만 아
니라 내가 마음을 이완하기 위해 얼마나 깊어질 수 있

는지에만 관심을 둔다면 나는 당연히 이 느낌의 끝이 궁금해질지도 모릅니다. 놓아버리세요. 내가 가는 그 길은 정해져 있지 않습니다. 놓아버리세요. 놓아두세요. 제가 잠시 기다리는 동안 이 느낌을 즐기며 자동으로 깊어지도록 놔두세요. 내가 얼마나 깊어질 수 있는지, 그대로 놓아두세요. 내 호흡에 집중하여 최대한 생각을 줄이고 놓아둡니다. 1분간 기다리겠습니다.

좋습니다. 매 순간 이렇게 명상 연습을 할 때마다 나는 점점 더 깊어질 것입니다. 그리고 지금 내는 이 소리 (소리) 이 소리를 듣게 되면 내가 지금까지 느꼈던 가장 깊은 이완 상태로 돌아오세요. 그게 지금일 수도 있고, 아닐 수도 있습니다. 놓아두세요. 그러면 저절로 사라질 겁니다. (소리)

잠시 후 이 음성이 끝나고 내 몸과 마음이 저절로 떠오르도록 만드세요. 눈을 뜨고 돌아 나오게 되면 충분한 휴식을 취한 내 몸과 마음은 당신에게 당연히 상쾌한 기분을 주게 될 것이고, 이 느낌은 내가 원하는 만큼 믿는 만큼 느껴지게 될 것입니다. 수고하셨습니다.

- 변형 -

이전 방식과 다르게 신체를 나누지 않고 유도한다. 나누지 않은 만큼 시간을 단축할 수 있어 효율적이지만, 기존 기법의 최대 장점을 얻을 수 없다. 그 때문에 기존 기법을 사용하거나 급속 최면을 사용하는 것이 일반적이다.

변형 기법은 심화 기법을 여러 번 사용하는 방법과 신체 전반에 대한 이완 암시를 주는 방법으로, 신체 이완과 마음 이완을 직접적으로 유도한다. 상담에 사용될 경우 기존 방식을 충분히 학습한 내담자에게 사용된다.

장점

1. 기존 방식보다 시간이 단축된다.

신체 부위를 나눠 이완하는 기존 방식과 달리 전체를 기준으로 심화하는 방법으로 시간을 단축할 수 있다. 최면 유도에 짧은 시간을 사용했기에 상담을 위한 시간을 충분히 얻을 수 있다.

2. 기존 방식 이후에 사용할 시 효과적이다.

자신이 인지하지 못했던 근육군을 확인했다면 기존 방식은 비효율적일 수 있다. 취할 수 있는 목적을 모두 취했다면 변형 방식을 추구하는 것도 좋은 방법이다.

단점

1. 시간이 짧아졌지만, 다른 인덕션에 비교하여 대상이 잠들 가능성이 크다.

변형된 점진적 이완은 짧은 시간 안에 할 수 있다고 하지만 다른 급속 인덕션이나 순간 인덕션과 비교하면 턱없이 느린 기법이다. 특히, 이 방법도 잠을 자기 전 신체와 비슷한 상태를 만들고 유지하기 때문에 역시 잠에 빠질 가능성이 크다. 기존 방식에 비해 나아졌을 뿐 효과적이진 않다.

2. 기존 방식에서 얻을 수 있는 이득을 변형 방식에서 얻지 못한다.

점진적 이완은 근육을 세분하여 인식하지 못한 근육까지 힘 뺄 수 있도록 유도한다. 변형 방식은 심화 암시를 반복할 뿐이기에 이와 같은 이점을 얻을 수 없다. 또한, 이완을 쉽게 하지 못하는 대상에게 효과적인 기존 방식과 다르게 변형 방식은 그다지 큰 도움을 못 받는다. 그 때문에 대부분 기존 방식을 고수하는 전문가가 많다.

스크립트

https://youtu.be/EAwuksOe6ag

편안한 자세를 취하고 쓰러져도 괜찮은 자세를 해주시기 바랍니다.

이제 편안하게 심호흡해보세요. (심호흡 소리)
그렇죠. 잘하셨습니다. 다시 한번 더 크게 심호흡해보

세요. (심호흡 소리)

그리고 숨을 내쉴 때 편안하게 눈을 감아주세요.

좋습니다. 이제 시작하겠습니다.

저는 숫자를 하나부터 다섯까지 셀 것입니다. 숫자를 세는 매 순간마다 힘을 두 배씩 빼보세요. 아주 쉬울 겁니다. 하나…. 몸과 마음이 두 배씩 이완됩니다. 둘…. 이렇게 몸을 이완할 때마다 셋…. 마음이 이완됩니다. 넷…. 이렇게 마음이 이완될 때마다…. 다섯…. 몸이 이완됩니다. 이렇게 이완을 하는 것은 누구나 할 수 있고 편안하게 즐길 수 있습니다. 왜냐하면, 이렇게 하는 건 굉장히 자연스러운 일이니까요.

매 호흡을 내쉴 때마다 이렇게 편안한 이완은 즉각적이고 자동적으로 깊어집니다. 그냥 이렇게 이완을 느끼는 것만으로도 자신의 이완은 점점 더 깊어집니다. 그러므로 자신이 이 이완을 느끼는 것만으로도 더욱 깊이 이완할 수 있다는 것을 느껴보세요. 잘하셨습니다.

저는 숫자를 다시 하나부터 다섯까지 셀 것입니다. 그 숫자를 세는 매 순간마다 이번에는 세배씩 이완시켜

보세요. 이렇게 이완하는 것은 본인에게 아주 편안한 느낌과 깊은 휴식을 줄 것입니다. 어쩌면 이것이 무거워지는 느낌일 수도, 가벼워지는 느낌일 수도 있습니다. 하지만 그것은 중요하지 않습니다. 본인이 더욱더 깊이 이완할 수 있다는 것을 느껴보세요.

하나…. 이완이 세 배가 됩니다. 둘…. 이렇게 이완을 하며 느껴지는 모든 이득이 셋…. 점점 자신의 편안함을 가득 채웁니다. 넷…. 내가 이렇게 느끼는 것만으로도 다섯…. 점점 더 깊어집니다.

이 모든 것은 자신이 허용하면서 일어나는 변화입니다. 그냥 맡겨보세요. 그냥 맡겨보는 것이 더욱 자연스러우니까요. 이 모든 것은 그저 편안한 몸과 마음이 더욱 편안하게 휴식할 수 있도록 도와주는 것일 뿐입니다. 그냥 느껴보세요. 그냥 느끼는 것이 바로 자신의 회복을 도울 것입니다.

자신은 이 음성을 들을 때마다 점점 더 깊어집니다. 이 음악을 들을 때마다 점점 더 깊어집니다. 자신은 그것을 받아들이고, 허용할 때마다 점점 더 깊어짐을 느낄 수 있습니다. 이렇게 허용한다는 것은 아주 자연스러운 일입니다. 왜냐하면, 이 모든 것이 그저 자신이 원하고 바라고 있기 때문입니다. 그냥 믿고 맡겨버리세요.

잘하셨습니다.

저는 숫자를 하나부터 셋까지 아주 천천히 셀 것입니다. 제가 숫자를 세는 그 순간순간마다 자신은 두 배씩 아주 깊이 이완될 것입니다. 그렇죠? 이건 당연하면서도 자신이 즐길 수 있다는 것을 의미합니다. 왜냐하면, 이것을 즐길 수 있다는 것을 자신이 이미 알고 있으니까요.

하나…. 아주 천천히…. 부드럽게…. 더욱더 깊어집니다. 둘…. 자신은 이 음성을 듣고 있습니다. 또한, 편안한 자세를 취하고 있습니다. 셋…. 그러니 제가 숫자를 세는 것마다 점점 더 깊어지게 됩니다. 당연합니다. 사실, 자신이 받아들이고 허용할 수 있다면 더욱 깊어질 수 있습니다. 저는 당신이 깊어질 수 있도록 잠깐 기다리겠습니다. 하지만 제 말이 다시 들릴 때까지 아주 깊이 이완될 것입니다. 머리가 텅 비는 느낌일 수도 있고, 무언가 느껴질 수도 있습니다. 하지만 아무 상관 없습니다. 그냥 편안하게 이 느낌을 즐겨주세요.

편안하셨죠? 그죠? 이 음성을 들으며 이렇게 회복하

는 것은 정말 좋은 느낌입니다. 또한, 이 음성을 들으면 점점 더 깊게 이완할 수 있다는 것도 알 수 있습니다. 그저 이렇게 이완하는 것은 자신의 몸과 마음을 더욱 깊게 만들어줍니다. 몸을 이완할 때마다 이렇게 마음이 이완되고, 마음을 이완할 때마다 몸이 이완됩니다.

매 호흡을 내쉴 때마다 점점 더 깊어집니다. 그저 깊어지도록 허락해주세요. 그렇게 하는 것이 자신에게 도움 된다는 것을 알고 있으니까요. 그냥 이렇게 즐기는 것이 자신을 더욱 편안하게 이완시켜줍니다. 그냥 느껴보세요. 느끼는 것만으로도 더욱 깊게, 더욱 즉각적으로 자신을 깊은 이완으로 가게 해줄 겁니다.

잠시 후 저는 하나부터 다섯까지 숫자를 셀 것입니다. 제가 숫자 다섯을 세면 몸과 마음의 이완이 두 배가 됩니다. 하나…. 이완이 두 배가 되기 시작합니다. 둘…. 이렇게 몸을 이완할 때마다…. 셋…. 마음이 이완됩니다. 넷…. 마음이 이완될 때마다…. 다섯…. 몸이 이완됩니다. 잘하셨어요. 저는 다시 하나부터 다섯까지 숫자를 셀 것입니다. 이번에는 제가 숫자 다섯을 셀 때 몸과 마음의 이완을 셋배로 만들어보세요. 그렇게 되면 더욱 편안하게 깊이 이완할 수 있을 겁니다.

하나…. 이완이 세 배가 되기 시작합니다. 둘…. 이렇게 몸을 이완할 때마다…. 셋…. 마음이 이완됩니다. 넷…. 마음이 이완될 때마다…. 다섯…. 몸이 이완됩니다. 잘하셨어요.

이렇게 몸과 마음을 이완하기는 아주 쉽습니다. 하지만 그냥 이렇게 느끼고 즐기는 것만으로 자신은 깊은 휴식을 즐길 수 있고, 더욱 깊이 이완할 수 있습니다. 왜냐하면, 이건 바로 누구나 할 수 있기 때문이죠. 그냥 느껴보세요.

저는 잠시 기다려드리도록 하겠습니다. 하지만 자신은 자동적이고 즉각적으로 깊어질 것입니다.

자신은 이 음성을 들을 때마다 더욱 깊어집니다. 자신의 잠재의식이 같이 허용하고 성취하길 요청합니다. 그 역시 당신이 원하는 것이니까요. 잠시 후 저는 10부터 하나까지 아주 천천히 셀 것입니다. 하나를 세면 눈을 뜨고 완전히 돌아옵니다. 하지만 모든 세포와 근육들은 활력을 되찾고 제가 드렸던 모든 긍정적인 암시는 강화됩니다.

10…. 아주 천천히 돌아오기 시작합니다.

9…. 이 음성을 들으면 들을수록 더욱 깊이 이완할 수

있게 됩니다.

8…. 지금까지 드렸던 모든 긍정적인 암시는 강화됩니다.

7…. 느껴보세요.

6…. 느끼는 것만으로 더욱 편안해질 수 있습니다.

5…. 모든 긍정적인 에너지가 몸 안으로 들어오기 시작합니다.

4…. 그 에너지가 전신으로 흐릅니다.

3…. 크게 심호흡해보세요.

2…. 잠시 후 제가 하나라고 말하면 아주 상쾌하게 눈을 뜨고 돌아 나오세요.

1…. 눈을 뜨고 돌아 나오세요. 환영합니다.

- 슐츠의 자율훈련법 -

슐츠의 자율훈련법(Autogenic Training) 중 기본 훈련을 이용해 유도한다. 현재 널리 사용되고 있는 방법으로 심신 이완에 도움 준다 알려져 있다. 전문가는 슐츠의 자율훈련법을 변형해 사용하기도 하는데, 다음 나올 스크립트와 달리 점진적 이완을 사용한 후 진행한다.

두 가지 방법을 비교했을 때 장단점이 뚜렷이 나타난다. 기존 방식의 장점은 비교적 빠르며 혼자 연습하기에 큰 무리가 없어 편리하다. 변형된 방식은 기존 방식에서 중감(重感)을 통해 이완을 만든 것과 달리 점진적 이완을 통해 신체 이완을 유도한다. 이 때문에 이완 수준이 다르다. 반면, 기존 인덕션보다 10~20분가량 길어지기에 장기간 명상하는 것을 좋아하지 않는 이상 지루하고 따분하게 느껴질 것이다. 그럼에도 변형 방식을 완벽하게 마친 대상의 피암시성이 비교적 높았기에 후자를 추천하고 싶다.

일반

1. 신체가 무거워짐을 암시한다.
2. 각 부위의 온도 변화를 암시한다.
3. 심장이 안정됨을 암시한다.
4. 호흡이 안정됨을 암시한다.
5. 복부가 따뜻해짐을 암시한다.
6. 머리가 시원해짐을 암시한다.

단계	연습	암시 형태	목적
1단계	중감	무겁다	근육 이완
2단계	온감	따뜻하다	혈액 순환
3단계	심장	안정되다	심박 조절
4단계	호흡	안정되다	호흡 조절
5단계	복부	따뜻하다	생리적 평온
6단계	머리	시원하다	사고의 감소

변형

1. 점진적 이완을 진행한다.
2. 신체가 무거워짐을 암시한다.
3. 각 부위의 온도 변화를 암시한다.
4. 심장이 안정됨을 암시한다.

5. 호흡이 안정됨을 암시한다.

6. 복부가 따뜻해짐을 암시한다.

7. 머리가 시원해짐을 암시한다.

단계	연습	암시 형태	목적
0단계	점진적 이완	기존 형태	신체 이완
1단계	중감	무겁다	근육 이완
2단계	온감	따뜻하다	혈액 순환
3단계	심장	안정되다	심박 조절
4단계	호흡	안정되다	호흡 조절
5단계	복부	따뜻하다	생리적 평온
6단계	머리	시원하다	사고의 감소

스크립트

https://youtu.be/0lK9QVbwb44

편안한 자세를 취하고 쓰러져도 괜찮은 자세를 해주
시기 바랍니다.

이제 편안하게 심호흡해보세요. (심호흡 소리)

그렇죠. 잘하셨습니다. 다시 한번 더 크게 심호흡해보세요. (심호흡 소리)

그리고 숨을 내쉴 때 편안하게 눈을 감아주세요.

저는 일렬의 문구를 말할 것입니다. 그리고 저는 당신이 ˋ제가 말하는 문구를 마음속으로 천천히, 하나하나 반복하길 바랍니다. 아주 천천히, 편안하게 말이죠.

좋습니다. 이제 시작하겠습니다.

나는 안정되고, 이완되었다.

나의 오른쪽 팔은 무겁다. 나의 오른쪽 팔은 무겁다. 나의 오른쪽 팔은 무겁다.

나의 왼쪽 팔은 무겁다. 나의 왼쪽 팔은 무겁다. 나의 왼쪽 팔은 무겁다.

나의 양팔은 무겁다. 나의 양팔은 무겁다. 나의 양팔은 무겁다.

나는 안정되고, 이완되었다.

나의 오른쪽 다리는 무겁다. 나의 오른쪽 다리는 무겁

다. 나의 오른쪽 다리는 무겁다.

나의 왼쪽 다리는 무겁다. 나의 왼쪽 다리는 무겁다. 나의 왼쪽 다리는 무겁다.

나의 양다리는 무겁다. 나의 양다리는 무겁다. 나의 양다리는 무겁다.

나는 안정되고, 이완되었다.

나의 오른쪽 손은 따뜻하다. 나의 오른쪽 손은 따뜻하다. 나의 오른쪽 손은 따뜻하다.

나의 왼손은 따뜻하다. 나의 왼손은 따뜻하다. 나의 왼손은 따뜻하다.

나의 양손은 따뜻하다. 나의 양손은 따뜻하다. 나의 양손은 따뜻하다.

나는 안정되고, 이완되었다.

나의 오른쪽 발은 따뜻하다. 나의 오른쪽 발은 따뜻하다. 나의 오른쪽 발은 따뜻하다.

나의 왼발은 따뜻하다. 나의 왼발은 따뜻하다. 나의 왼발은 따뜻하다.

나의 양발은 따뜻하다. 나의 양발은 따뜻하다. 나의 양발은 따뜻하다.

나는 안정되고, 이완되었다.

내 심장 박동은 안정되고, 정상적이다. 내 심장 박동은 안정되고, 정상적이다. 내 심장 박동은 안정되고, 정상적이다.

내 호흡은 안정되고, 정상적이다. 내 호흡은 안정되고, 정상적이다. 내 호흡은 안정되고, 정상적이다.
내 윗배는 따뜻하다. 내 윗배는 따뜻하다. 내 윗배는 따뜻하다.

내 이마는 시원하다. 내 이마는 시원하다. 내 이마는 시원하다.

나는 안정되고, 이완되었다. 나는 안정되고, 이완되었다. 나는 안정되고, 이완되었다.

이 상태를 충분히 즐기신 뒤 눈을 뜨고 돌아 나오세요. 수고하셨습니다.

- 경직/이완 패턴 -

경직과 이완은 서로 양립할 수 없는 상태이다. 또한, 두 상태는 마치 순환하는 듯한 구조로 되어 있어, 긴장 이후에는 이완을, 이완 이후에는 긴장을 쉽게 만들어낼 수 있다. 이 기법은 섬냄뷸리즘 이전의 단계에서 효과적인 심화 기법으로 사용할 수 있지만, 그 이후는 깊이 형성에 방해된다. 그 때문에 이 방식은 초반에 자주 사용된다.

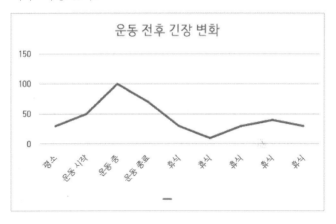

일반

1. 신체를 잠시 긴장시켰다가 한 번에 이완시켜 진행한다.

일반적으로 3~5회 정도 반복하며 이후 신체 이완을 진행하거나 혼란 경악 기법을 사용한다. 둘 다 선호하는 편이지만 비슷한 원리인 후자가 더 효과적이라 판단한다.

변형

1. 물건을 잡고, 경직과 이완을 반복시킨다.

근육은 운동 이후, 회복하는 동안 약간의 경직을 유지하고 있다. 위와 같은 원리로 긴장을 유도할 수 있는데, 이때 주는 카탈렙시 암시와 연합되어 보다 쉽게 경직을 만들어낼 수 있게 된다.

김상겸 PHI 공동 협회장은 긴장을 해소하도록 한 경우 이후 최면 작업이 매우 수월해진다고 한다. 특히, 마술과 같은 체험을 하며, 현 상황에 집중하는 등 트랜스 유도 역시 가능하다. 흥미를 가지게 되면 그 상황을 따르는 것에 거부감이 줄고, 적극적으로 참여한다. 즐길 수 있는 상황을 만들어 피암시반응을 만드는 것도 좋은 방법이다.

2. 카탈렙시 반응을 만들어 컨빈서를 주고 최면으로 유도한다.

스크립트 1

주먹을 쥐보세요. 그리고 있는 힘껏 꽉 쥐는 겁니다. (2~5초 후) 이제 힘을 빼볼까요? 좋습니다.

다시 한번 더 주먹을 꽉 쥐보세요. (2~5초 후) 다시 빼보세요. 잘하시네요.

마지막으로 힘을 꽉 쥐보세요. (2~5초 후) 이제 힘을 빼고, 최대한 힘을 빼는 겁니다. 힘이 빠지며, 편안하게 손을 놓아버리세요.

스크립트 2

주먹을 쥐보세요. 그리고 있는 힘껏 꽉 쥐는 겁니다. (2~5초 후) 이제 힘을 빼볼까요? 좋습니다.

다시 한번 더 주먹을 꽉 쥐보세요. (2~5초 후) 다시 빼보세요. 잘하시네요.

마지막으로 힘을 꽉 줘보세요. (2~5초 후) 이제 힘을 빼고, 최대한 힘을 빼는 겁니다. 힘이 빠지며, 편안하게 손을 놓아버리세요.

이제 눈을 감고 자신의 손에 집중합니다. 상상해 보는 거예요. 첫 번째로 강력한 접착제를 떠올려보세요. 굳으면 정말 단단한 시멘트 바닥처럼 변하는 접착제를 말이죠.

그 접착제를 자신의 손 전체에 바르는 겁니다. 손가락 사이와 손바닥과 만나는 모든 것이 감싸지도록... 마지막은 손 전체가 접착제로 물들도록 말이죠.

아주 잠시 기다렸을 뿐인데 이미 접착제가 굳어 자신의 손 전체가 굳어가기 시작합니다. 그럼 손을 더 강하게 쥐어보세요. 더 강하게 쥐고 접착제가 더 빨리 굳어버리도록 만드는 겁니다. 그러면 더욱 딱딱하게 굳어갈 거예요. 마치 내가 손을 움직이려 하면 할수록 더 강하게 굳어 움직일 수 없을 만큼요. 한번 손을 펴려 시도해 보세요. 하지만 더 강하게 굳을 겁니다. 해보세요!

(2~5초 이상 손을 펴려 시도하지만 펴지 못하는 경우)

이제 그만하시고, 힘을 모두 빼보세요. 잘하시네요. 이제 제가 손가락을 튕기면 접착제는 모두 사라지겠지만 그 상태 그대로 손을 이완시키세요. (Finger Snap)
그리고 다시 한번 더 손가락을 튕기면 손에 있는 이완이 몸 전체로 퍼져나갈 겁니다. 그러길 바라고 그리 만드세요. (Finger Snap)

스크립트 3

주먹을 쥐어보세요. 그리고 있는 힘껏 꽉 쥐는 겁니다. (2~5초 후) 이제 힘을 빼볼까요? 좋습니다.

다시 한번 더 주먹을 꽉 쥐어보세요. (2~5초 후) 다시 빼보세요. 잘하시네요.

마지막으로 힘을 꽉 쥐어보세요. (2~5초 후) 이제 힘을 빼고, 최대한 힘을 빼는 겁니다. 힘이 빠지며, 편안하게 손을 놓아버리세요.

이제 눈을 감고 자신의 손에 집중합니다. 상상해 보는 거예요. 첫 번째로 강력한 접착제를 떠올려보세요. 굳으면 정말 단단한 시멘트 바닥처럼 변하는 접착제를 말이죠.

그 접착제를 자신의 손 전체에 바르는 겁니다. 손가락 사이와 손바닥과 만나는 모든 것이 감싸지도록... 마지막은 손 전체가 접착제로 물들도록 말이죠.

아주 잠시 기다렸을 뿐인데 이미 접착제가 굳어 자신의 손 전체가 굳어가기 시작합니다. 그럼 손을 더 강하게 쥐어보세요. 더 강하게 쥐고 접착제가 더 빨리 굳어버리도록 만드는 겁니다. 그러면 더욱 딱딱하게 굳어갈 거예요. 마치 내가 손을 움직이려 하면 할수록 더 강하게 굳어 움직일 수 없을 만큼요. 한번 손을 펴려 시도해 보세요. 하지만 더 강하게 굳을 겁니다. 해보세요!

(2~5초 이상 손을 펴려 시도하지만 펴지 못하는 경우)

이제 그만하시고, 슬립!(강하고 짧은 어조로 소리치며, 목 뒤를 손가락으로 살짝 누른다.) 힘을 모두 빼고 이완하세요. (이후 심화)

고정 응시
Eye fixation

한동안 먼 산을 생각 없이 바라본 적 있지 않은가? 어느 순간 내가 뭐하고 있었는지 의문이 들 정도로... 이때만큼은 마치 깊은 명상을 하듯 편안하고 고요함만 느껴진다.

고정 응시는 어떤 물체를 지속해서 바라보는 방식이다. 정확한 메커니즘이 없다고 할 정도로 전문가 주장이 다르다. 대표적으로 트랜스 형성 원리, 눈 피로 원리를 자주 든다. 전자는 대상에 집중하여 다른 대상의 영향을 최대한 줄일 수 있는 상태를 만드는 것이다. 외부적 자극에 영향받지 않기에 평온하고, 자신이 가진 내부 정보마저 무시하는 등, 비판력이 낮아진다. 내부적 자극으로부터 멀어질 수 있다면 자신의 신념에 쉽게 영향받지 않고, 더 많은 암시 반응을 볼 수 있게 된다.

후자는 눈이 피로해져 피암시성이 높아지는 것이 아니다. 일부 학자는 제임스 브레이드가 시작한 원리를 따라 설명하는데, 원인과 결과가 뚜렷하지 않다. 내가 합리적이라고 생각하는 해석은 눈의 통증이나 부적절한 감각이 외부적 자극에 집중할 수 없게 만들어 트랜스 반응을 만든다는 것이다. 기본적으로 트랜스를 형성하기 위함이라 해석하면 좋다.

데이브 앨먼의 변형 기법은 시간을 줄인다는 핑계로 만들어졌지만, 실험 결과 트랜스 형성에 문제를 가지고 있다. 트랜스 형성 목적보단 최면가의 말을 따라오는지, 혹은 수용 상태를 확인하기 위한 목적으로 사용된다 해석하고 있다.

일반

1. 눈을 올려보도록 어떤 물체를 바라보게 한다.

시선을 분산시키지 않도록 물체는 작고 단일한 구조, 같은 색인 것이 좋다. 대부분 시계 또는 빛을 사용하는데, 무늬가 있는 벽지나 눈에 보이는 먼지여도 상관 없다. 일부 전문가는 레이저를 사용하는데, 심각한 안구 손상을 야기할 수 있기에 절대 해선 안 된다.

영화에서 주로 사용하는 것 중 Spiral Circle도 언급하고 싶다. 나선형의 원이 돌며 초점을 중심으로 옮기는 도구다. 원리는 단순하고 쓸모 있어 보이지만 굳이 써야 할까 의문이다. 10명을 대상으로 실험했을 때 큰 차이를 보이지 않았으며, 아동과 같이 관심을 가지는 아이에게만 도움을 받을 수 있었다. 나는 돈 들여 이 도구를 구매하는 것에 대해 추천하고 싶지 않다.

2. 눈꺼풀의 떨림이나 트랜스 반응을 확인한다.

일반적으로 트랜스 반응이 확인될 때까지 기다리며, 5~20분까지 소요된다. 반면, 눈꺼풀이 떨리는 현상은 짧은 시간 내에 나타나는데, 트랜스 반응이라고 하기 어렵기에 추천하지 않는다. 대체로 자극으로부터 자유로워지기에 혈압이 내려가거나 편안해 보이며, 심박 수가 낮아진다. 멍한 상태로 보일 수 있고, 작은 자극에 반응하지 않는다. TV에 집중한 대상에게 어떤 말을 걸어도 잘 듣지 못하거나 되묻는 것처럼 말이다.

3. 눈을 감긴다.

눈을 감길 땐 손을 이용해 위에서 아래로 시야를 가려주거나, 눈을 감으라고 암시할 수 있다. 다만, 일부 깊은 트랜스에선 상담자의 말을 듣지 못할 수 있다. 말을 듣지 못한다면 피암시 반응을 볼 수 없기에 각성시키거나 흔들어 깨워야 한다. 이후 아주 짧은 시간 동안 높은 피암시 반응을 보이기에 이완 암시를 줘 심화한다.

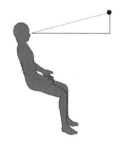

- 고정 응시 위치 -

- Spiral circle -

변형 1

1. 시선을 고정한 대상을 눈이 모일 수 있는 최대 지점까지 움직인다.

고정한 대상을 그림과 같이 1-2로 움직이는데, 눈동자가 따라오는 것을 확인하며 움직여야 한다. 전문가는 시선을 고정할 대상으로 펜 끝, 손톱 끝, 반지 등을 사용한다. 시선이 분산되지 않도록, 펜 끝과 같이 작은 물체에 고정하는 것을 추천한다.

2. 시선은 그림과 같이 3으로 향하게 한다.

일반적으로 눈썹 사이에 위치하는 것을 요구하지만 눈으로부터 20~40도 각도가 일반적이다.

3. 눈이 피로해진다는 암시를 준다.

시선을 고정하려는 노력이 트랜스를 만든다는 주장과 눈의 피로를 만들어 사용한다는 주장이 있다. 나는 "눈이 따갑거나 아플 수 있겠지만 최대한 눈을 감지 않으려 노력하세요"라는 암시를 사용한다. 한 가지 물체에 트랜스를 만들고, 통증과 피로가 다른 자극을 느끼지 못하도록 방해한다. 즉, 비판력이 낮아지는 결과를 볼 수 있다.

4. 눈꺼풀이 떨리면 그 즉시 감긴다.

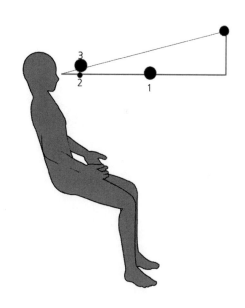

변형 2

1. 한 손은 대상의 어깨에 손을 올린다.

대상을 정면으로 보며, 어깨에 손을 올린다. 대상은 상황에 따라 최면에 걸렸다는 사고로 쓰러진다. 그 때문에 다치지 않도록 준비한 자세라는 주장이 있고, 대상이 최면사에게 기대고 의지할 수 있도록 하기 위함이라는 주장도 있다. 나는 이 두 주장 모두 동의하며, 추가로 기법 특징 때문에 권위적 자세를 취하기 위함으로도 해석한다.

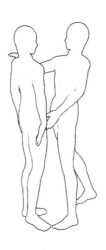

2. 다른 손으로 자신의 눈을 가리켜 보게 하며, 눈을 고정 응시 대상으로 사용한다.

자신의 눈을 사용하는 것은 메스머리즘(Mesmerism)의 게이즈(Gaze) 기법을 따라 한 것으로 생각된다. 눈을 사용하게 된다면 최면사의 시선도 고정해야 하며, 트랜스를 위해 눈을 감아도 안 되며, 흔들려도 안 된다. 날씨가 건조하거나 바람이 불면, 상당히 고역이기 때문에 추천하지 않는다.

다른 방법으로 눈이 아닌 미간을 보게 하거나 인중을 보게 하는 전문가도 있다. 하지만 미간과 인중엔 시선을 고정할 영역이 너무 커 부적합하다 반론하는 전문가도 있다.

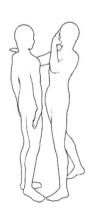

3. 대상의 눈을 관찰하며 변화가 있는지 확인한다.

대표적인 변화는 눈을 감거나 눈꺼풀의 힘이 풀리는 것, 눈꺼풀이 떨리거나 중심을 잃어 몸이 쉽게 흔들리는 것 등이 있다. 트랜스 반응이기에 최면가가 몸이나 얼굴을 천천히 움직이면, 거리를 따라 움직이는 것도 볼 수 있다. 흔히, 쇼를 위해 대상의 중심을 무너뜨리며, 쓰러지게 하거나, 중심을 최면가에게 맡기게 하기 위해 사용된다.

개개인에 따라 여러 반응을 볼 수 있는데, 한국 사람은 가까운 거리에서 시선을 맞춘 경험이 적어, 불편해하거나 웃어버리는 경우도 많다. 이를 방지하기 위해, 여러 번 상담을 진행한 사람이나 암시 반응이 높은 사람에게 사용하는 편이다.

4. 대상이 눈을 보기 시작하면 남은 목과 어깨 중간지점에 두고 손가락 하나를 머리와 목 사이에 둔다.

5. 시선이 고정되고 눈의 피로나 트랜스가 느껴지면 뒷목을 살짝 눌러 고개를 숙이게 한 뒤 반대 손으로

눈을 감긴다.

뒷목을 누르는 것은 목에 힘을 빼라고 비언어적 신호를 주는 것이다. 고개를 숙이는 즉시 가슴과 어깨 사이에 대상의 머리 쪽에 두어 기댈 수 있도록 하며, 자신이 안전하다는 것을 느끼도록 하여야 한다. 혹시, 이 상황에 눈을 감지 않는다면, 눈을 감으라고 하거나 목을 잡지 않은 손을 이용해 눈앞을 위에서 아래로 쓸어 감겨주도록 한다.

교육생이 가장 많이 물어보는 질문 중 하나는 어느 정도의 힘을 사용해 눌러야 하는지다. 경험상 누른다는 자극만 인식하면 충분하지만, 고개를 숙이지 않으려 노력하는 사람도 있다. 그런 경우라도 상담사가 기댈 수 있도록 움직이면, 대부분 따라온다. 그래도 따라오지 않는다면, 조금 더 강하게 자극하거나 언어를 사용하는 것도 좋은 방법이다.

간혹, 자신의 화장이 지워지거나 번질까 걱정하여 기대지 못하는 경우도 생긴다. 이 경우, 억지로 압력을 가하면 최면가를 부정적으로 인식해 라포가 깨지거나 자발성을 잃을 수 있다. 유도 방법을 바꾸거나 사전 동의를 받아내는 편이 좋다.

변형 3

1. 대상 등 뒤에서 어깨에 양손을 올린다.

일반적인 상담상황에 최면사가 뒤에 서는 일은 거의 없다. 특히, 미세한 변화를 찾아야 하는 상황이기에 얼굴을 관찰할 수 없는 상황을 의도적으로 만들지 않는다. 그 때문에 이 방식은 특수한 경우나 쇼 최면 (Show Hypnosis)에 자주 사용된다.

2. 대상을 기준으로 중간 위쪽에 있는 한 점을 바라보게 한다.

3. 약간의 시간이 흐른 후 대상의 어깨를 살짝 누르며 눈을 감긴다.

웬만하면 트랜스를 확인하면 좋겠지만 못한다면 시간차를 줄 수 있다. 특히, 순간 인덕션 중 하나인 쇼크 인덕션(Shock Induction) 또는 패턴 인터럽트(Pattern Interrupt)를 섞어 사용할 수 있기에 예상치 못한 상황을 만들면 더 효과적일 것이다.

어깨를 누르는 것은 몸이 숙어지도록 이완하라는 비언어적 암시다. 만약, 눈을 감지 않는다면 언어적 암시를 주는 방법도 있다.

심상화 인덕션

Imaginery induction

심상화 인덕션은 두 가지 원리를 따른다. 첫 번째, 장면 연합에 의한 트랜스 형성, 두 번째 편한 심상에 의한 마음 이완이다. 각 원리는 따로 나타날 수 있고, 함께 나타날 수 있지만, 상담 특징상 두 가지 원리를 모두 사용하는 것이 효과적이다. 그 때문에 편안한 장면을 떠올리게 하며, 장면을 뚜렷하게 하도록 질문이나 암시를 통해 자극을 찾아낸다.

주의할 점은 대상이 학습한 충격적 사건을 떠올리지

않도록 해야 한다. 고통스러운 외상은 감정 폭발을 야기하기 쉬워 해제 반응(Abreaction)을 만들 수 있다. 해제 반응을 대처하지 못하면 대상은 외상과 관련된 장면이 지속적으로 회생되는 등 심각한 부작용을 얻을 수 있다. 상담 전 확실한 정보를 파악하거나 심상을 직접 찾아내도록 하면 상당수 문제를 피할 수 있다.

숙련도가 높은 최면가는 의도적으로 해제 반응과 관련된 심상을 떠올리게 해 장면과 높은 연합을 만든다. 비교적 높은 트랜스가 나타나며, 감정이 폭발하는 자신의 상태를 보며 컨빈서(Convincer) 효과가 나타난다. 또한, 최면가가 지지자로서 역할하도록 유도해 피암시성을 높이기도 한다. 다만, 훈련받지 않은 독자는 해제 반응을 다룰 수 없기에 절대적으로 회피하는 방향을 추천한다. 자신을 보호할 협회나 전문가가 없을 것이며, 윤리 원칙상 전문성과 관련된 비윤리적 행위가 될 테니 말이다.

일반

1. 장면, 대상을 선택해 떠올리게 한다.

편안함을 느끼는 산속, 강, 바다 등이 일반적으로 사용되지만, 대상이 각 장면에 외상 경험이 있다면 해제 반응이 나타날 수 있다. 이 경우 이완이 어려워지지만, 장면에 연합되므로 상담이 원활해진다. 반면, 훈련받지 않은 사람은 해제 반응에 대처할 수 없기에 최대한 피해야 한다.

대상에게 문제 될 기억은 없는지, 경험은 없는지 확인한 뒤 편안하고 중립적인 장면을 선택한다.

2. 오감 질문, 감각 질문을 통해 장면을 선명하게 한다.

시각, 청각, 후각, 촉감, 미각 총 다섯 개의 감각은 사람이 외부를 지각할 때 사용된다. 오감 정보가 수용되면 선명하게 인식하게 되는데, 각 대상에 충분한 정보를 부여하여 장면에 보다 더연합시킬 수 있다.

각 질문은 아래의 표를 확인하고 응용하여 상황에 맞는 질문을 사용하길 바란다.

시각 질문
"무엇이 보이나요?"
"밝은 장소인가요? 어두운 장소인가요?"
"무슨 색인가요?"
"어떤 모양인가요?"
"크기가 얼만 한가요?"

청각 질문
"어떤 소리가 들리나요?"
"뭐라고 말하나요?"
"음량은 얼만 한가요?"
"높은 소리인가요? 낮은 소리인가요?"
"그 소리가 자신에게 어떤 느낌인가요?"

촉감 질문
"그것이 차가운가요? 뜨거운가요?"
"거칠거칠한가요? 부드러운가요?"
"딱딱한가요? 말랑한가요?"
"축축한가요? 건조한가요?"
"무거운가요? 가벼운가요?"

미각 질문

"어떤 맛인가요?"

"부드러운 맛인가요? 자극적인 맛인가요?"

"OO 맛은 얼마 정도 느껴지나요?"

후각 질문

"어떤 향이 느껴지나요?"

"어떤 냄새가 나나요?"

"달콤한 향인가요? 상쾌한 향인가요?"

"바람에 넘어온 공기에 어떤 냄새가 섞여 있나요?"

기타 질문

"OO라고 하셨는데, 지금 이 상황에 기분은 어떤가요?"

"양손을 잡고 느껴지는 감촉은 따뜻하거나 차가울 수 있습니다. 어떤가요? 그 감촉을 느껴보니 당신은 지금 색다른 감정을 느낄지 모르겠네요. 지금 기분이 어떤가요?"

추가 응용 (암시 형태) : "당신의 입을 통해 들어온 따뜻하고 달콤한 음식은 입안 구석구석으로 퍼져가고 있습니다. 입안을 넘어 달콤한 향기가 코로 들어올 때 당신은 비로소 음식이 어떤 맛으로 바뀌었는지 알 수 있을 거예요. 음식을 입에 가득 채운 채 코로 숨을 쭉 들이쉬세요. 그러면 당신이 말한 달콤하고 깔끔한 향이 자신의 폐를 가득 채울 것입니다."

3. 대상이 충분히 편안하게 느끼면 장면을 지우고 최면을 암시한다.

"이제 장면을 지우고 깊이 이완하세요.", "이제 장면을 지우고 깊은 최면으로 들어갑니다." 등의 암시를 사용한다. 최면에 불편함을 느끼거나 환상을 조금이라도 가진 경우 최면이라는 단어를 사용하지 않는 전자가 좋다.

변형

1. 대상이 선호하는 장면, 대상을 떠올리게 한다.

기존 방식은 해제 반응을 야기하기 쉽다. 그 때문에 전문가는 기존 방식보다 변형 방식을 선호한다. 변형 방식과 기존 방식의 유일한 차이점은 장면 선택을 누가 하는지다. 변형 방식은 최면 전, 대화를 통해 알아내는 방법이 있고, 최면 이후, 암시를 통해 불러오는 방식 두 가지가 있다. 전자는 얻은 정보를 통해 장면을 형성하며, 후자는 암시를 통해 형성한다. 후자에 사용되는 암시는 다음과 같다.

예시 1 : "잠시 후 손가락을 튕기면, 자신이 가장 행복했던, 기분 좋았던 기억을 찾아 그 장소의 자신이 되어, 직접 보고, 느껴보세요."

예시 2 : "자신이 가장 행복했던 기억을 떠올려보세요."

예시 3 : "이 세상 그 누구에게나 가장 편안하게 휴식할 수 있는 장소가 있습니다. 그 장소는 지금까지 단 한 번이라도 가본 장소여도 상관없고, 그렇지 않아도 상관없습니다. 내가 가장 편안하게 휴식할 수 있는 장소, 안전한 장소를 떠올려보세요."

간혹, 자존감이 매우 낮거나 우울감과 불안감이 강해 이전 기억에서 행복한 경험이 없다 주장하는 대상이 있다. 그런 경우 "그나마 편안한 장소"를 선택하라 하면 90% 이상 암시를 따른다. 나머지 10% 중 대다수는 자신의 문제를 과장해 표현하는 경우이며, 감정을 충분히 격려해주고, 도움을 주고 싶다는 것을 인식시켜 라포를 형성한다. 충분히 라포가 형성되면 좋은 기억과 경험을 쉽게 불러올 수 있게 된다. 남은 극소수는 정말 긍정적 자원, 기억이 없을 수 있다. 인식문제가 대부분이지만 표현에 반론하지 말고, 충분히 격려해줘야 한다. 라포가 충분히 형성되면 최면가의 조언을 쉽게 따르며, 좋은 경험을 만들도록 안내해주는 것도 가능하다.

독자는 10%의 대상을 다른 방법으로 유도해라. 저 과정이 쉬워 보일지 모르나 유도만으로 해제 반응을 보일 가능성이 있다. 특히, 유도자가 감정적 지지자가 되기에 기대고 싶을 수 있고, 감정 표현이 자유로워질 것이다. 다른 사람에 비해 감정 표출이 쉬워진 상태에 최면을 유도하면 억압된 감정이 폭발할 가능성이 크다.

2. 오감 질문, 감각 질문을 통해 장면을 선명하게 한다.
(기존 방식과 동일)

3. 대상이 충분히 편안하게 느끼면 장면을 지우고 최면을 암시한다.
(기존 방식과 동일)

카탈렙시 인덕션
Catalepsy induction

 카탈렙시는 경직, 근육이 굳는 반응을 의미한다. 최면 유도 없이 카탈렙시가 나타나는 경우 이를 인덕션으로 응용할 수 있다. 무엇보다 카탈렙시는 힙노이들 상태부터 나타나는 반응이다. 즉, 최면 유도 없이도 충분히 반응을 만들 수 있다는 의미이며, 일부 전문가는 상담에 최면 유도를 하지 않는 이유로 설명한다.

카탈렙시 인덕션의 장점은 대상이 암시에 반응하는 것을 인지하며 진행되기에 컨비서 효과가 나타나며,

https://youtu.be/iJ3a
1ynKt5s

이데오 모터의 종류

1. 마그네틱 핑거
2. 팔 올리기, 내리기
3. 팔 벌리기, 오므리기
4. 손바닥 붙이기

5. 린 백 포워드
6. 웨이트
7. 엉덩이 붙이기
   ...etc.

Professional Hypnotherapy Int.

얕은 최면에서 나타나는 반응이기에 대부분 쉽게 성공한다. 단점은 실패와 성공이 명확하게 보이기 때문에 대상이 실패한 경우 자신은 최면이 되지 않는 사람이라 인식하게 된다. 최면이 되지 않는다는 신념이 생긴 내담자는 이후 상담에 필요한 피암시성을 가지지 못할 것이다.

이데오 모터 형식

1. 암시 반응성 테스트의 일률적 형식을 통과하며, **예상치 못한 순간에 경악을 준다.**

암시 반응성 테스트의 대표적 방식인 이데오 모터를 사용한다. 이데오 모터란 생각을 뜻하는 Idea와 움직임을 뜻하는 Motor의 합성어로 생각이 움직임을 만든다는 의미이다. 방법은 아래를 참고하길 바란다.

암시 반응성 테스트 중 대상은 혼란스럽거나 놀란다. 그때, 경악을 주게 되는데, 대체로 "슬립! (Sleep!)"이라는 단어로 소리친다. 슬립은 잠을 자라는 의미이기에 잠을 자듯 몸과 마음을 이완하라는 의미로 사용된다 한다. 다만, 뜻을 모르는 사람에게 사용될 경우 무의미하다. 그 때문에 단어를 설명하기도 하는데, 원리상 큰 의미를 둘 수 없다. 자세한 내용은 패턴 인터럽트, 쇼크 인덕션에서 다루도록 하겠다.

2. 경악을 받은 상황에 빨리 심화하여 상태를 유지한다.

원리는 혼란 경악 기법과 같이 혼란스럽고 놀란 상황에 일시적으로 암시 반응이 높아지는 것을 응용하게 된다. 일시적으로 암시 반응이 높아졌을 때 신속히 심화하여 상태를 유지한다.

● 이데오 모터(Ideomotor) 방식

방법 1

1. 자세 변경
2. 특정 자극을 상상하도록 암시(내담자가 과거에 경험했던 내용)
3. 강하고 점증되는 목소리로 변환
4. 일정 시간 이후 복귀

● 이데오 모터의 예

마그네틱 핑거

1. 양손을 깍지 끼고(양손의 공기를 빼라는 등 암시하여 최대한 손바닥을 접촉한다.) 검지를 편다.

2. 내담자에게 검지를 벌리면 오므라든다는 암시를 준다.

3. 손가락을 벌리고, 오므라든다는 암시, 붙는다는 암시 등을 줘 자극한다.

4. 손가락이 붙으면 손을 천천히 내리게 한다.

참고 사항

마그네틱 핑거는 자세 자체가 버티기 어려운 자세다. 즉, 암시를 주지 않아도 자연스럽게 붙을 수밖에 없는 구조인데, 전문가에 따라 이를 이데오 모터로 보지 않는 등, 피암시성을 확인하는 목적으로 부적합하다. 반면, 내담자가 암시에 얼마나 저항하는지, 자발성이 있는지 없는지 등을 확인할 수 있다.

팔 올리기, 내리기

1. 손 하나는 천장을 보게(중간보다 아래쪽으로 위치) 하고 하나는 땅을 보게(중간보다 위쪽으로 위치) 하여 양팔을 뻗게 한다.

2. 천장을 본 손은 아래로 가도록 심상하게 하고, 바닥을 본 손은 위로 올라가도록 암시한다.

3. 각각 손이 내려간다는 암시와 올라간다는 암시를 준다. (하나가 종료된 뒤 진행)

4. 충분히 벌어지면 손을 내린다.

참고 사항

비언어적 요소와 생리적 요소를 잘 사용하면 효과적이다. 심상에 의해 신체가 움직이는 기법이기에 심상을 더 자극할 이차적 매체로 터치와 바람, 심지어 관련 없는 신체 부위를 자극하는 방법도 있다.

언어적 자극만 했을 때와 비교 반응 정도가 크기 때문에 적극적으로 사용하면 좋을 것 같다.

팔 벌리기, 오므리기

1. 양 손바닥을 적당한 수준까지 벌리게 한 후 손을 마주 보게 둔다.

2. 양손이 벌어지는 암시를 주고, 충분히 암시한다.

3. 충분히 벌어지면 양손이 오므라지는 암시를 주고, 충분히 자극한다.

4. 손바닥이 닿으면 손을 내리거나 다음 작업을 한다.

손바닥 붙이기

1. 일반적으로 팔 오므리기에 손이 붙으면 이어 진행한다.

2. 팔을 뻗고 손바닥을 붙여 공기를 빼게 한 뒤 긴장, 힘을 주게 한다.

3. 손이 붙는다는 암시를 준다.

4. 떼려고 하면 할수록 더 강하게 붙는다는 암시를 준 뒤 떼보라는 시도를 해보라 한다.

5. 손바닥이 붙어 떨어지지 않음을 확인한 후, 떨어지도록 암시한다.

일반적으로 손바닥이 붙었다면 혼란 경악 기법으로 변형해 최면을 유도한다. 만약, 카탈렙시 인덕션을 사용할 목적이 아니라면 손바닥이 떨어진다는 암시를 주게 된다. 내가 사용하는 암시는 다음과 같다.

예시 1 : 경직된다는 암시로 진행한 경우

"이제 그만하시고, 편안하게 힘을 빼세요. 잠시 후 제가 손가락을 튕기면, 손가락과 손바닥의 힘이 모두 빠져 두 손이 떨어지게 될 것입니다." (Finger snap) "(양손을 천천히 밖으로 흔들며) 완전히 힘이 빠져 떨어집니다."

예시 2 : 접착제를 이용한 심상으로 진행한 경우

"이제 그만하시고, 편안하게 힘을 빼세요. 잠시 후 제가 손가락을 튕기면, 손가락과 손바닥에 있는 접착제가 모두 사라져 양손이 떨어지게 될 것입니다." (Finger snap) "(양손을 천천히 밖으로 흔들며) 완전히 사라집니다. 이제 손이 편안하게 이완될 겁니다."

참고 사항

해당 기법은 손과 손가락이 고정되는 암시로 움직임이 없어, 이데오 모터가 아니라 카탈렙시 현상이다.

최면을 유도하지 않고 나타나는 암시 반응이기에 상담에 대한 반응이 좋다고 전문가들은 주장한다.

린백포워드

1. 내담자의 발을 붙이고 시선은 천장을 보게 한다. (전문가에 따라 눈을 보게 하거나 정면을 보게 하거나 눈을 감게 한다.)
양팔은 몸에 붙이게 하고, 대상의 뒤로 간다.

2. 손바닥을 어깨 아래쪽에 위치하고 5~10cm 띄운다.

3. 대상에게 잡아줄 테니 걱정하지 말고 기대라 한다. (대상이 긴장이나 불안 없이 기댈 때까지 반복한다.)

4. 날갯죽지에 손가락 밖을 대고 "손가락을 때면 뒤로 끌려온다"고 암시한다.

5. 앞쪽으로 살짝 밀치면, 대상은 중심을 회복하기 위해 뒤쪽으로 힘이 밀리게 된다. 그 뒤 끌려온다는 암

시를 반복한다. 뒤로 넘어지지 않게 받쳐준다.

6. 정면으로 돌아와서 시선을 고정한다.

7. 어깨에 손을 떼고 대상의 주변 시야를 가린 뒤, 앞으로 온다는 암시와 함께 살짝 뒤로 움직인다. 앞으로 넘어지지 않게 받쳐준다.

웨이트

1. 대상 뒤에 의자를 놓고, 무릎을 살짝 구부리게 한다.

2. 최면가는 위쪽에서 대상을 내려보고, 대상에게 자신의 눈을 보게 한다.

3. 몸이 점점 무거워진다는 암시와 다리에 힘이 빠진다는 암시를 주며, 자신의 눈에 힘을 주는 듯한 action을 준다.

4. 시선이 점점 더 위로 올라갈 수 있도록 최면가는 위치를 조정한다.

엉덩이 붙이기

1. 웨이트가 종료된 후 엉덩이가 붙어 떨어지지 않는 다는 암시를 준다.

눈 카탈렙시

1. 눈꺼풀이 떠지지 않은 상태를 형성하여, 카탈렙시 반응을 만든다.

방식 1 : "(손가락을 대상 정면 앞 30cm~45cm에 둔다) 손가락 끝을 바라보세요. (천천히 미간 사이로 다가간다) 손가락이 눈썹 사이에 닿으면, 눈을 감으세요. 하지만 눈을 감더라도 눈동자는 계속 손가락을 보려 해보세요. (손가락이 닿으면) 눈을 감으세요. 하지만 계속 손가락 끝을 보는 겁니다. 이제 눈을 떠보라 할 텐데, 눈이 강하게 조이듯 떠지지 않을지 모릅니다. 마치, 눈 윗꺼풀와 아랫꺼풀이 강한 접착제로 붙어버린 것처럼 말이죠. 한번 뜨려고 시도해보세요. 하지만 더 강하게 붙을 겁니다."

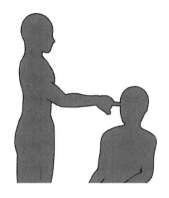

일부 전문가는 이 방식에 대해 '두 가지 일을 동시에 할 수 없어 나타나는 현상'이라고 해석한다. 눈동자를 안쪽으로 쏠리게 하고, 위로 올리는 동작이 눈꺼풀을 들어 올릴 수 없게 한다는 것이다. 하지만 경험상 그렇게 되지 않을 수 있다. 마치, 연습하면 왼손으로 동그라미를 그리고, 오른손으로 세모를 그릴 수 있는 사람이 있듯, 개인차가 있을 수밖에 없다. 반면, 이 주장을 한 전문가는 눈동자가 눈을 뜨는 순간 다시 움직인다며 헛된 합리화를 하기도 한다. 정말 그런 것인지 확인하니 그 주장은 틀린 것이었다.

반면, 절반 정도가 이를 하지 못하기 때문에 카탈렙시 반응이 나오면 진행하고, 나오지 않으면 다른 방식으로 진행한다. 확률을 더 높이기 위해 카탈렙시 암시를

https://youtu.be/
gSFHxMtU8dY

카탈렙시의 종류

1. 눈 카탈렙시
2. 팔 카탈렙시
3. 다리 카탈렙시
4. 풀 바디 카탈렙시(인교술)
    ...etc.

Professional Hypnotherapy Int.

주는 것도 좋은 방법이지만, 가장 좋은 방법은 사용하
지 않는 것이다.

방식 2 : "눈을 감고, 상상으로 눈앞에 강한 접착제를
떠올려보세요. 그 접착제는 어떤 물체도 완벽하게 붙
일 만큼 강한 접착제이지만 의료용으로 쓰일 만큼 안
전한 접착제입니다. 맞나요? (tag question으로 나
는 상대방이 암시에 반응하는지 확인하는 목적으로
사용한다. 10의 9는 맞다고 하지만 틀리다고 하는 경
우 암시 반응이 낮거나 상담에 대한 자발성이 낮은
경우가 많다. 혹시 아니라고 하면 "그렇게 만들어보
세요"라고 암시한다) 이제 그 접착제를 눈꺼풀 사이
사이(눈 아래를 태핑 한다. 예민한 부분의 태핑은 경
직을 만든다. 약하게 태핑 해도 충분히 경직을 볼 수
있고, 위험할 수 있기에 최대한 살살 자극한다)에 발
라보세요. 잠시 후 제가 숫자를 세면 눈 윗꺼풀과 아
랫꺼풀이 완전히 붙어 강하게 조일 겁니다. 하나…
(이마 태핑, 경직 목적; 모 전문가는 권위적 암시를
목적으로 하지만 어불성설이다) 접착제가 점차 굳어
가기 시작합니다. 둘… 두 눈이 완전히 굳어 꽉 조이
게 해보세요. 셋… 더 강하게, 더 강하게 조여들 겁니
다. 넷…(눈에 경직이 보이면) 눈을 뜨려고 하면 할수
록 더 강하게 붙어버릴 겁니다. 다섯… 완전히 붙었-

습니다. 뜨려고 시도해보세요. 하지만 떠지지 않을 겁니다. 해보세요. (숫자 사이에 경직 암시와 숫자가 올라감에 따라 크고 강하게 소리 내 같이 경직될 수 있도록 한다. 경직 반응이 나타나면 1~5초 이내에 그 만하도록 하지만 인덕션이 목적이면 눈이 떠지지 않는 혼란 상태를 이용하기에 바로 다음 작업으로 넘어간다.)

굳이 사용한다면 나는 두 번째 방식을 선호한다. 최면 유도가 없더라도 충분히 나타날 수 있는 반응이며, 경험상 첫 번째 방식보다 깊이 형성이 용이하다. 혼란의 수준이 다른 것으로 인해 나타나는 차이라 예상한다.

2. 경악을 주고, 경악을 받은 상황에 심화하여 상태를 유지한다.

추후 설명할 혼란 경악 기법의 원리를 사용한다. 눈 카탈렙시를 경험한 대상은 쉽게 혼란을 느끼고 놀란 상황이 된다. 다시 한번 더 경악을 줌으로써 대상이 더 혼란스럽고 놀라도록 만든다. 이에 따라 암시 반응성이 높아지면, 재빨리 이완을 유도하며, 상태를 유지할 수 있도록 심화한다. 정확한 원리는 혼란 경악 기법에서 설명하니, 궁금하다면, 해당 챕터를 먼저 확인하길 바란다.

경악 방법은 소리를 지르거나 신체의 중심을 붕괴시키는 방법, 신체에 충격을 주는 방법 등 다양하며, 최면 유도를 제외하면, 두려운 상황, 놀랄만한 이야기도 적절한 역할을 하기도 한다. 그 때문에 일부 최면 전문가는 대화 속에 인덕션을 잠입하고, 암시 반응을 높인다. 대표적으로 '슬립!'이라고 소리치거나 손을 당기는 행위를 많이 사용한다.

팔 카탈렙시

1. 대상의 손목을 두 손가락으로 든다.

전문가마다 의견이 상이한데, 나는 좌측과 우측을 집어 올리는 것을 추천하고 싶다. 첫 번째로 카탈렙시를 만들기 위해 접촉 방식을 바꿔야 하며, 대상이 팔을 손가락 위에 기대지 않도록 만들어야 한다. 만약, 단 한 손가락이라도 팔 아래에 위치한다면, 손가락에 의지하려는 경향이 강하다. 즉, 접촉면적을 최소화하면서, 손가락에 거의 의지할 수 없는 구조를 만들 필요가 있다. 이런 이유로 나는 손가락을 좌측과 우측에 위치하는 것을 추천하고 있다.

2. 대상의 시선을 고정하거나 눈을 감게 하고, 호흡을 시킨다.

필수적이지 않지만, 트랜스를 통해 팔을 의식하지 않도록 하며, 약간의 경직만으로 카탈렙시 유도를 용이하게 하기 위함이다. 시선을 고정하는 것과 호흡시키는 것 모두 트랜스를 만드는 가장 기초적인 방법이다.

3. 호흡하는 동안 손목의 접촉을 조금씩 줄이며, 스스로 팔이 경직될 수 있도록 유도한다.

트랜스가 형성되어 팔에 의식을 두지 않기 시작하면, 숨을 들이마실 때 팔을 위로 살짝 들며, 내쉴 때는 손목의 접촉을 약하게 한 뒤 원래 위치로 돌아간다. 몇 번 반복하다 보면 팔이 경직되는 것을 느낄 수 있는데, 그럴수록 접촉을 더 줄이며, 마지막엔 손가락이 떨어졌다 붙였다 해도 내려가지 않도록 만들어야 한다. PHI 협회는 해당 기법에 근육 부위를 태핑 하는 것을 추가했다. 태핑 함에 따라 근육이 일부 경직되며, 경직을 발전시키기는 아주 쉽기 때문이다.

팔을 위아래로 움직이는 이유는 경직과 이완을 반복한다는 주장과 관성을 만들기 위함이라는 주장이 있다.

4. 충분히 경직되면 손을 떼고, 2회 정도 호흡시킨다.

경직이 나타난 후 안정적인 카탈렙시를 위해 잠시 기다리는 것이 좋다. 시간으로 따졌을 때 호흡 2번 정도가 적당하며, 이후 눈을 뜨고 있다면 감겨 인덕션을 완성하면 된다. 상황에 따라 혼란 경악 기법을 섞을 수 있으며, 일부는 "이제 팔이 점점 내려가 무릎에 닿으면, 눈을 감고 이완하세요." 식의 암시를 사용해 인덕션을 완성한다.

데이브 앨먼 인덕션

Dave Elman Induction

 유명 최면가인 데이브 앨먼은 라디오 방송인이자 쇼 최면가다. 데이브 앨먼이 본격적으로 활동하기 전, 최면 쇼는 이미 유도된 대상을 이용하거나 20분 정도 소요되는 유도 절차를 거쳐 진행되었다. 관중은 최면에 대해 짜고 치는 고스톱이라 주장하거나 쇼가 시작되기도 전 지루함에 자리를 나서기 일쑤였다. 20분 이상 진행된 유도 절차 이후에도 깊이가 일정하지 않아 매번 관중의 반응이 달랐다 한다.

데이브 앨먼은 재미있는 최면 쇼를 보여주기 위해서 지루한 유도 과정을 짧게 줄이고, 일정한 암시 반응을 만들어냈다. 그는 일찍부터 최면 유도 방법과 메커니즘을 독학하면서 기법을 발전시키기 위해 많은 공을 들였다. 그로 인해 데이브 앨먼은 제임스 브레이드의 고정 응시 기법을 10초 정도로 단축시키고, 대상을 훈련시키는 방법을 고안해 내는 등 급속 최면의 발전에 지대한 공을 세우게 되었다. 특히, '척하기'로 반응을 형성하고, 심화하는 방식인 3분 루틴은 지금도 최면 전문가들이 주로 사용하는 방법이다. 이와 같이 최면 전문가들은 기성 기법을 자신에게 맞게 변형하기도 하며, 나 역시도 그렇다. 변형되었다는 것은 이전 기법에 틈이 있다는 것을 의미한다. 이에 대해서는 차후 기법에 대한 설명을 참고하길 바란다.

3분 루틴 기법은 크게 신체 이완과 마음 이완으로 나뉘어있다. 신체 이완은 마음 이완을 위한 사전 단계로 해석하며, 일부는 깊이에 따라 반응을 유도하기 위함이라 주장한다. 기본 프로세스를 확인해 보면, 눈을 감기는 것부터 시작해, 눈 카탈렙시와 유사한 상태를 유도하고, 신체 이완을 유도한다. 그다음, 망각과 비슷한 상태를 유도하며, 마음 이완을 유도하는데, 이로 인해 수많은 전문가가 3분 루틴의 망각이 섬냄뷸리즘에서 나오는 망각과 동일한 것으로 착각한다. 관례 때문인지, 몰상식한 선대 전문가 때문인지 아직도 시선이 바뀌지 않고 있다. 정확한 예는 다음을 참고해 보자.

3분 루틴

1. 고정 응시를 통해 눈의 피로를 만들고, 눈꺼풀이 떨리거나 눈이 충혈되면 그 즉시 눈을 감긴다.

첫 번째 단계인 눈 감기기는 크게 3가지로 사용된다. 첫 번째로 눈을 감으라고 말하는 것, 두 번째로 눈꺼풀이 무거워진다 암시하여 '이데오 모터' 방식을 사용하는 것, 세 번째로 변형된 고정 응시 방법을 사용하는 것이다. 쉬운 것으로 따지만 1번, 3번, 2번이지만, 추천하는 방법은 3번, 1번, 2번이다.

3번 방식은 최소한의 트랜스를 형성하여, 최면 반응을 만들기 용이하며, 최면가나 대상 모두 쉽게 할 수 있다. 1번 방식은 트랜스를 형성하기 어려우며, 되도록 약간의 시간을 투자하여 3번을 하는 것이 이후 작업을 위해 효과적일 수밖에 없다. 2번 방식은 여러 번 해본 전문가 이외에 어렵고, 실패하면 대상이 최면에 대해 부정적으로 인식할 수 있다. 부정적 인식을 가지는 순간 대상의 암시 반응성은 떨어지고 말 것이다. 반면, 그 어떤 방식보다 암시 반응을 높일 수 있기에 성공한다면 가른 방식보다 한발 앞서가게 될 것이다. 기회가 된다면 2번을 시도하고, 반응이 없다면 대상이 눈치채지 못하도록 변경하는 연습을 해보면 좋을 것 같다.

눈꺼풀이 떨리거나 눈이 충혈되면 눈을 감기라고 하는데, 이는 눈꺼풀 카탈렙시가 눈꺼풀 피로에 의해 나타날 것이라는 생각에 만들어진 방식으로 보인다. 이 과정을 거치면 눈 카탈렙시가 더 쉽게 나타나기에 좋을 수 있지만, 이 자체로 효력을 내기 위해선 트랜스를 꼭 형성할 수 있도록 한다. 자세한 내용은 고정 응시 목차를 확인하길 바란다.

2. 눈꺼풀을 이완시키며, 눈이 떠지지 않는 척 연기하도록 한다.

최면의 얕은 단계에서 나타나는 눈꺼풀 카탈렙시를 모방하는 방법이다. 연기라는 틀 안에서 대상의 비판력은 우회된다. 다만, 대상이 뜨려고 해도 떠지지 않는 카탈렙시 반응은 이런 방식으로 나타나지 않는다.

일부 전문가는 카탈렙시 암시를 주며, 말 그대로 카탈렙시 반응을 만드는데, 눈꺼풀 카탈렙시 특성상 대다수가 쉽게 나타나기에 독자가 원하는 방법을 사용해도 괜찮다. 일부 대상은 이 깊이에서 눈꺼풀 카탈렙시가 나타나지 않을 수 있어, 도박이 될 수 있는 암시는 신중하길 바란다. (ex. "눈꺼풀이 단단하게 붙어, 뜨려고 시도할수록 더 단단히 붙어버립니다. 뜨려고 시도해보세요." 이처럼 실패와 성공을 대상이 인식할 수 있는 암시는 도박이 될 수 있다.)

3. 시도하는 즉시 멈추게 하며, 눈꺼풀을 다시 이완하도록 한다.

눈꺼풀이 떨리거나 눈썹이 올라가는 것 등의 변화가 보이면, 즉시 그만하도록 하며, 다시 힘을 빼도록 한다. 연기라고 해도 반복해서 도전하라는 암시를 주거나 과하게 시간을 부여하는 경우 많은 수가 눈을 뜨게 된다. 짧은 시간만 시도하게 하여, 문제가 될 수 있는 상황을 최소화하는 것이 중요하다.

만약, 눈을 뜨게 된다면, 대상은 암시를 이해하지 못했거나 최면에 협조하지 않으려 한 상태일 수 있다. 전자일 때 다시 암시하여 설명하고, 후자일 때 최면을 종료한다. 최면가는 선불리 판단하지 말고, 정황 정보, 비언어, 언어를 통해 확인할 필요가 있다.

4. 이완된 느낌을 전신으로 퍼트리게 한다.

이 단계는 크게 두 가지 목적이 있다. 첫 번째는 전신의 힘을 빼도록 하는 것, 두 번째로 심상을 훈련하기 위함이다. 4단계에서 나타난 신체 이완은 점진적 이완에 한참 못 미치지만, 전문가는 이 상태만으로 충분하다 한다. 신체 이완은 마음 이완을 위한 준비단계며, 피암시성을 높이기 위한 준비단계로 볼 수 있다.

5. 프랙셔네이션을 여러 번 시도한다.

프랙셔네이션은 충분한 깊이가 만들어지지 않는 이상 잘 작동하지 않는다. 데이브 앨먼은 프랙셔네이션을 두 가지 목적으로 사용했다 알려졌다. 첫 번째는 심화 목적, 두 번째는 숨겨진 테스트를 하기 위함이다. 숨겨진 테스트는 대상이 암시에 반응하는지, 다르게 반응하는지 확인하는 것이다.

Ex) "잠시 후 제가 셋을 세면 눈을 떠주세요. 그리고 다시 눈을 감으면, 지금보다 두 배 더 깊이 이완하세요. 하나, 둘, 셋 (일정한 박자로) (대상이 눈을 뜬다) 감으세요. 좋습니다. 다시 한번 더 셋을 세면 눈을 뜨고 눈을 감을 때 지금보다 두 배 더 깊이 이완하세요. 하나, 둘, 셋 (일정한 박자로) (대상이 눈을 뜬다) 감으세요. (3~5초 침묵) 다시 한번 더, 하나, 둘, …(한 박자 쉼) 셋 (침묵한 박자에 눈을 뜬 경우 눈치채지 못하게 진행한 후 앞서가지 않도록 설명하거나 상태를 더 심화한다.) (셋에 눈을 뜬 경우 진행한다) 눈을 감으세요. 두 배 더 깊이 이완하세요.

6. 팔 떨어뜨리기 심화를 통해 신체 이완을 확인하고, 신체 이완이 안 됐다고 판정된 경우 더 심화한다.

팔 떨어뜨리기 심화는 신체가 이완되었는지, 경직되었는지 확인하는 목적과 심화의 목적, 두 가지다. 팔을 들었을 때 경직되어 있는 경우 "힘 빼세요. 축 처질 수 있도록 완전히 힘 빼보세요."라고 말해 이완되는지 확인하고, 그렇지 못한 경우 원칙적으로 신체를 더 이완시키는 것이 좋다. 이렇게 해도 힘이 빠지지 않는 경우 팔 카탈렙시 반응을 만들어, 최면 반응으로 돌려 사용하는 전문가도 있다.

일부 대상은 이완을 잘 하지 못하는 경우도 있으며, 이후 작업이 동시에 어려워질 확률이 높아 카탈렙시 반응 이후에 단순한 심화 기법을 사용하는 것이 좋다.

7. 숫자 망각을 시도한다. (실제 망각 암시와 다름)

3분 루틴에 나오는 숫자 망각은 섬냄뷸리즘 상태의 망각과 전혀 다르다. 앨먼 계열을 학습한 전문가는 이런 형태의 숫자 망각 때문에 섬냄뷸리즘 상태라고 착각하는데, 숫자 망각 암시를 주면 그 답을 알 수 있다. 3분 루틴의 숫자 망각은 기억 망각(Amnesia)과 전혀 다른 방법이다. 기억을 잊은 것이 아니라 억누르거나 떠올리는 것을 잠시 멈추는 것이다. 그렇기에 숫자를 떠올리려면 떠올릴 수 있는 상태다. 숫자 하나가 사라졌다는 암시나 자신의 이름이 사라졌다는 암시를 줘도 기억해내는데 아무 문제 없을 것이다.

여타 전문가들에게 비슷한 질문을 했다. 하지만 망각

이 나오지 않아도 앨먼 인덕션이 종료되면 위 과정을 거쳤다며 최소 섬냄뷸리즘 상태라고 설명한다. 일부는 이를 인지하지만, 이전에 교육받았다는 이유 하나만으로 잘못된 정보를 퍼뜨리고 있다.

나는 3분 루틴이 종료돼도 섬냄뷸리즘에 미치지 못할 것이라 본다. 반면, 숫자 망각 이후 카탈렙시 반응이 쉽게 나타나며, 약간의 감각을 변화시킬 수 있는 만큼, PHI 협회에서는 중간 최면(Middle Hypnotic State)을 성취할 수 있다고 주장한다.

스크립트

데이브 앨먼 3분 루틴

(Rewrite by. Jo Soo Been from basic vector process 中)

1. 눈감기기

https://youtu.be/eJmYRigoTK8

1-1 눈을 감으세요.

1-2 (눈 사이에 고정 응시 대상 A를 30cm 거리에 놓는다.) A를 바라보세요. (눈이 A를 따라오는지 확인

하며 눈이 모아지는 최대 지점까지 거리를 조절한다.)
(최대점에 오면 눈썹 사이까지 A를 높인다.) 이 A를
바라보고 있으면 눈이 따갑거나 건조해질 수 있지만
최대한 눈을 감지 않으려고 노력해 보세요.

벡터 1 : A를 따라오지 못할 경우 - "A를 바라보세요.
여기 보세요." 등의 암시 반복, 내담자의 자발성 확인,
물리적인 원인이 있을 경우 다른 방식 사용

2. 눈꺼풀 붙이기

2-1 눈꺼풀의 힘을 최대한 빼보세요. 힘이 빠졌다 싶
으면 2배 더 힘을 빼봅니다. 좋습니다. 이제 잠시 후
제가 눈꺼풀이 이완된 그 상태를 그대로 유지하면서
눈을 떠보라고 할 텐데, 눈꺼풀의 근육이 이완된 상태
로 눈을 뜬다는 것은 당연히 불가능합니다. 눈을 뜨려
는 척 연기해 보는 것과 같습니다. 한 번 해보시겠어
요? (노력이 보일 경우) 멈추시고, 지금보다 두 배 더
이완하세요.

벡터 1 : 눈을 뜬 경우 - 즉시 "다시 감아주세요. 이렇
게 눈꺼풀의 근육을 이용하면 눈을 뜰 수 있습니다.

하지만 눈꺼풀의 힘을 최대한 뺀 뒤 눈꺼풀이 아닌 주변의 근육만을 이용해 눈을 뜨려는 척 연기만 해보라는 의미입니다. 다시 눈을 뜨려는 척 연기만 해볼까요?" 연기라는 틀(Frame)이기에 못한다면 대상이 잘못이해하고 있음을 설명해야한다.

3. 전신 퍼뜨리기

3-1 : 이제 그 이완된 느낌을 머리끝(태핑)으로 가져옵니다. 잠시 후 제가 손가락을 튕기면 이 이완된 느낌을 온몸 손끝, 발끝까지 퍼트리세요. (핑거 스냅) 온몸 손끝, 발끝까지 퍼트리세요.

3-2 : 잠시 후 제가 손가락을 튕기면 이 이완된 느낌을 온몸 손끝, 발끝, 머리끝까지 퍼트리세요. (핑거 스냅) 온몸 손끝, 발끝, 머리끝까지 퍼트리세요.

4. 기타 심화 2개

프랙셔네이션 - 3회 이상 (숨겨진 테스트) (PHI 2회 이상)

팔 떨어뜨리기 - 몸 이완 확인

5. 마음 이완

5-1 : 이제 몸은 충분히 이완된 것 같습니다. 이제 마음 이완을 해볼 텐데, 마음 이완을 하기 위해 저 멀리 숫자를 하나부터 쭉 나열해 보세요. 나열하셨나요?(네) 이제 입으로 소리 내서 아주 천천히 세보라고 할 텐데, 그 숫자를 셀 때마다 두 배씩 더 멀리, 더 희미하게 만드는 겁니다. 그리고 얼마 세지 않아 그 숫자가 희미해져 더 이상 보이지 않는다면 오른쪽 손가락을 들어 알려주세요. 세보시겠어요? (3~5초에 1회 카운팅) (매 숫자 사이에 심화)

벡터 1 : 마음 이완 도중 나열 과정이나 심상 과정 중 "보이지 않아요." 등의 말을 할 경우, 보이지 않아도 상관없다는 것, 상상이어도 상관없다는 것을 말해주고 진행할 수 있다.

벡터 2 : 숫자를 계속 셀 경우 멈추고 한 가지 이상 시도 (원리에 대해 다시 설명, 저절로 나타나는 것이 아님을 설명)

"이것은 제가 하는 것이 아니라 스스로 몸과 마음의 힘을 빼며 나타나는 아주 당연한 현상입니다.", "마치 오랜만에 만난 친구의 얼굴은 기억나지만 이름이 기억나지 않았던 경험 있으시죠? 그것처럼 직접 만들어 보는 겁니다."

6. 기타 심화 2개 이상

변형 1

기존 3분 루틴 방식에서 프랙셔네이션을 제거한 방식이다. 전문가는 프랙셔네이션 기법이 얕은 깊이에서 큰 효력이 없다 주장한다. 3분 루틴에 포함된 프랙셔네이션 기법은 고작해야 얕은 최면(Light Hypnotic State)에 해당하며, 심화로써 큰 의미를 가질 수 없다. 프랙셔네이션이 기법에서 빠져 3분 루틴 기법은 더 짧고 간결해지게 된다. 다만, 일부는 특정 신체 이완을 반복하는데, 시간이 더 길어질 수 있지만 대상의 마음 이완을 유도해내기 쉬워진다.

변형 방법에 따라 수많은 앨먼 인덕션이 존재하지만, 기본 틀인 신체 이완과 마음 이완을 따른다면, 어떤 방식이건 유용하게 사용할 수 있다.

1. 고정 응시를 통해 눈의 피로를 만들고, 눈꺼풀이 떨리거나 눈이 충혈되면 그 즉시 눈을 감긴다.

2. 눈꺼풀을 이완시키며, 눈이 떠지지 않는 척 연기하도록 한다.

3. 시도하는 즉시 멈추게 하며, 눈꺼풀을 다시 이완하도록 한다.

4. 이완된 느낌을 전신으로 퍼드리게 한다. (2~4번을 여러 번 반복한다.)

5. 팔 떨어뜨리기 심화를 통해 신체 이완을 확인하고, 신체 이완이 안 됐다고 판정된 경우 더 심화한다.

6. 숫자 망각을 시도한다. (실제 망각 암시와 다름)

스크립트

데이브 앨먼 3분 루틴 변형 1

(Rewrite by. Jo Soo Been from basic vector process 中)

1. 눈감기기

1-1 눈을 감으세요.

1-2 (눈 사이에 고정 응시 대상 A를 30cm 거리에 놓는다.) A를 바라보세요. (눈이 A를 따라오는지 확인하며 눈이 모아지는 최대 지점까지 거리를 조절한다.) (최대점에 오면 눈썹 사이까지 A를 높인다.) 이 A를 바라보고 있으면 눈이 따갑거나 건조해질 수 있지만 최대한 눈을 감지 않으려고 노력해 보세요.

벡터 1 : A를 따라오지 못할 경우 - "A를 바라보세요. 여기 보세요." 등의 암시 반복, 내담자의 자발성 확인, 물리적인 원인이 있을 경우 다른 방식 사용

2. 눈꺼풀 붙이기

2-1 눈꺼풀의 힘을 최대한 빼보세요. 힘이 빠졌다 싶으면 2배 더 힘을 빼봅니다. 좋습니다. 이제 잠시 후 제가 눈꺼풀이 이완된 그 상태를 그대로 유지하면서

눈을 떠보라고 할 텐데, 눈꺼풀의 근육이 이완된 상태로 눈을 뜬다는 것은 당연히 불가능합니다. 눈을 뜨려는 척 연기해 보는 것과 같습니다. 한 번 해보시겠어요? (노력이 보일 경우) 멈추시고, 지금보다 두 배 더 이완하세요.

벡터 1 : 눈을 뜬 경우 - 즉시 "다시 감아주세요. 이렇게 눈꺼풀의 근육을 이용하면 눈을 뜰 수 있습니다. 하지만 눈꺼풀의 힘을 최대한 뺀 뒤 눈꺼풀이 아닌 주변의 근육만을 이용해 눈을 뜨려는 척 연기만 해보라는 의미입니다. 다시 눈을 뜨려는 척 연기만 해볼까요?" 연기라는 틀(Frame)이기에 못한다면 대상이 잘못이해하고 있음을 설명해야한다.

3. 전신 퍼뜨리기

3-1 : 이제 그 이완된 느낌을 머리끝(태핑)으로 가져옵니다. 잠시 후 제가 손가락을 튕기면 이 이완된 느낌을 온몸 손끝, 발끝까지 퍼트리세요. (핑거 스냅) 온몸 손끝, 발끝까지 퍼트리세요.

3-2 : 잠시 후 제가 손가락을 튕기면 이 이완된 느낌

을 온몸 손끝, 발끝, 머리끝까지 퍼트리세요. (핑거 스냅) 온몸 손끝, 발끝, 머리끝까지 퍼트리세요.

4. 반복

다시 한번 더 눈꺼풀에 힘을 최대한 빼보세요. 눈꺼풀의 힘이 빠진 상태를 유지하며 다시 떠보려 해보는 겁니다. 해보시겠어요? 좋습니다. 그만하시고 제가 손가락을 튕기면 이완을 온몸으로 퍼뜨리세요. (핑거 스냅)

5. 기타 심화

팔 떨어뜨리기 - 몸 이완 확인

6. 마음 이완

6-1 : 이제 몸은 충분히 이완된 것 같습니다. 이제 마음 이완을 해볼 텐데, 마음 이완을 하기 위해 저 멀리 숫자를 하나부터 쭉 나열해 보세요. 나열하셨나

요?(네) 이제 입으로 소리 내서 아주 천천히 세보라고 할 텐데, 그 숫자를 셀 때마다 두 배씩 더 멀리, 더 희미하게 만드는 겁니다. 그리고 얼마 세지 않아 그 숫자가 희미해져 더 이상 보이지 않는다면 오른쪽 손가락을 들어 알려주세요. 세보시겠어요? (3~5초에 1회 카운팅) (매 숫자 사이에 심화)

벡터 1 : 마음 이완 도중 나열 과정이나 심상 과정 중 "보이지 않아요." 등의 말을 할 경우, 보이지 않아도 상관없다는 것, 상상이어도 상관없다는 것을 말해주고 진행할 수 있다.

벡터 2 : 숫자를 계속 셀 경우 멈추고 한 가지 이상 시도 (원리에 대해 다시 설명, 저절로 나타나는 것이 아님을 설명)
"이것은 제가 하는 것이 아니라 스스로 몸과 마음의 힘을 빼며 나타나는 아주 당연한 현상입니다.", "마치 오랜만에 만난 친구의 얼굴은 기억나지만 이름이 기억나지 않았던 경험 있으시죠? 그것처럼 직접 만들어 보는 겁니다."

7. 기타 심화 2개 이상

변형 2 (경험자)

3분 루틴을 경험한 대상은 모든 과정을 따라 연습할 필요가 없다. 신체의 변화라거나 마음의 변화를 인식할 수 있는 만큼 유도하는 방법이다. 이 방법은 시간이 매우 짧아 순간 최면의 범주로 들어가는데, 시간적 여유를 얻지 못해 3분 루틴과 질적인 차이를 가진다.

1. 눈을 감긴다.

2. 신체를 이완하라고 말한다.

3. 숫자 망각을 하도록 말한다.

스크립트

눈을 감으세요. 눈을 감고 마치 이전에 했던 것처럼 힘을 빼는 겁니다. 힘이 모두 빠져 이완되었다면 숫자를 머릿속에서 지웠던 것처럼 텅 비워보세요. 자신의 마음이 편안해질 수 있도록 놓아버리는 겁니다.

순간 인덕션 1

혼란 경악 기법을 따른다. 하지만 이 기법이 얼마나 비효율적이냐면 기법에서 추구하는 망각 반응이 거의 나타나지 않는다. 망각 반응이 나타나지 않는다면, 대상의 최면에 걸리지 않는다는 것을 인지하고, 이후 작업에 대해 부정적으로 바뀐다. 즉, 도박성 기법에 해당하는데, 모 전문가는 이 기법이 좋다고 하며, 이데오 모터는 좋지 않다는 상반된 주장을 한다.

주의할 점은 망각이 나타나지 않았는데 연기할 수 있다는 점이다. 대상에게 피드백을 받는 것 외에 확인할 방법이 없다. 어떤 전문가는 표정이나 무의식적 반응을 보면 알 수 있다 한다. 반면, 짐작하는 것일 뿐 사람마다 망각 반응이 다르게 나오기에 일반화할 수 없다.

1. 대상을 앉히고, 대상의 손을 잡는다.

최면가는 대상 앞에 서며, 위에서 아래로 내려보는 자세가 필요하다. 권위적인 자세로 직접 암시를 효과적으로 만드는 방법이다. 손은 마치 악수를 하듯 잡고,

팔에 힘이 빠졌는지 확인한다. 만약, 대상이 손을 꽉
잡거나 팔에 힘이 들어가 있다면, 힘을 빼라고 암시한
다.

2. 시선을 고정한다.

최소한의 트랜스를 만들기 위함이다. 트랜스를 통해
혼란이나 경악이 될 대상의 관심으로부터 멀어지게
하며, 이후 놀랄 상황과 대상에 더 직접적이고 강한
영향을 줄 수 있게 된다.

3. 대상에게 셋을 세고 손바닥을 허벅지로 던질 텐데, 손바닥이 허벅지에 닿는 순간 눈을 감고 이완하라고 한다. 또한, 그 순간 지정한 숫자가 머릿속에서 사라 질 것이라 암시한다.

전문가에 따라 주는 암시가 다른데, 크게 3가지로 구
분된다. 첫 번째로 숫자를 직접 지정하여 말하는 방
법으로 "숫자 7이 없어집니다."라고 암시하는 방법,
두 번째로 주변의 숫자를 이용하는 방법으로 "숫자 6
과 8 사이의 무언가가 머릿속에서 나갑니다."라고 암
시하는 방법, 세 번째로 자유롭게 선택하는 방법으로
"숫자들이 뒤엉켜 어떤 숫자들이 사라지게 됩니다."라

고 암시할 수 있다. 협회에 따라 사용하는 방법이 다르다. 그 이유는 아래와 같다.

● 망각할 내용이 어떤 관련 단어와 연관되어 기억을 되찾을 가능성이 크다. 숫자를 망각하는 과정이 포함되어있기 때문에 숫자라는 단어를 주의해야 한다.

반대 입장 : 숫자를 직접 세게 하기 때문에 숫자라는 단어를 사용하지 않는다고 해서 큰 확률적 변화가 존재하지 않는다.

● 특정 숫자를 선택하지 않는 것은 대상을 혼란스럽게 하고, 자발적 행동을 통해 나타난 망각이 기존 방식보다 더 깊은 상태에 있을 가능성이 크다.

반대 입장 : 특정 단어를 망각하는 방식이 아니므로 직접적인 확인이 어렵고, 망각이 쉽게 나타나지 않아, "최면이 걸리지 않을 것이다."라는 생각에 잠길 수 있다.

● 숫자의 망각 상태를 확인하기 위해서 최면이 종료된 이후 정확한 답변(Feedback)을 받아야 한다. 상황

에 따라 망각이 아니라 카탈렙시 반응일 가능성도 있으며, 최면가를 돕기 위한 행동일 가능성도 있다. 확인되지 않은 상황에서 지속한 인덕션은 인덕션으로서의 의미를 얻기 쉽지 않다.

4. 숫자 3을 세고 한 박자 쉰 뒤 손바닥을 던진다.

숫자 3에 던진다고 했지만 한 박자를 쉬며 혼란을 줄수 있다고 주장한다. 하지만 나는 이 방식에 피암시성을 높일 정도의 혼란을 줄 수 있는지 의문이다. 손바닥을 던지는 동시에 "사라집니다.", "멀어집니다." 등의 암시를 소리쳐 경악시킨다.

5. 눈을 띄우고 즉시, 숫자를 1부터 10까지 세도록 한다.

대상이 망각한 숫자를 제외하고 숫자를 세면 인덕션은 성공한 것이며 모두 센 경우 실패한 것으로 간주한다. 대상이 망각하지 못했더라도 다음 과정을 진행하기 위해 무시하는데, 이런 경우 심화를 철저히 해 충분한 깊이를 만들어야 한다.

6. 숫자를 센 즉시, 눈을 감긴다.

숫자를 센 이후 즉시 눈을 감겨, 시각적으로 트랜스가 새어나가지 못하도록 한다. 눈을 감겼다면 최면 깊이를 안정시키기 위해 심화한다.

쇼크 인덕션
Shock induction

쇼크 인덕션(Shock Induction)은 경악 유도로 해석할 수 있으며, 한국에선 경악 기법으로 불린다. 많은 전문가는 순간 최면을 설명할 때 쇼크 인덕션과 패턴 인터럽트로 제한한다. 순간 최면은 인덕션이 짧은 유도 방법을 의미하기 때문에 이 두 가지 기법에 국한되지 않는다는 것을 명심했으면 한다.

쇼크 인덕션은 놀라거나 경악하는 순간 일시적으로 피암시성이 높아지는 것을 응용한 방법이다. 특히, 사람은 물론 동물까지 깜짝 놀란 상황에 주변의 도움을 받으려 하며, 어떤 암시건 쉽게 따르는 것을 볼 수 있다. 한 예로, 특수부대가 갱단이 있는 장소를 급습하여, 큰 소리로 소리친다. 특수부대는 엎드리고 투항하라고 소리치는데, 많은 수가 그대로 투항한다. 혼란스럽고 놀란 상황에 부정적인 암시를 따를 정도로 피암시성이 높아진다.

하지만 단시간에 끝나는 인덕션은 대상이 준비할 시간을 충분히 마련할 수 없으며, 안정적인 깊이를 만들기 어렵다. 일부 최면가는 쇼크 인덕션과 패턴 인터럽트 기법이 종료되면 대상은 최소 섬냄뷸리즘 상태에 있다고 주장한다. 주장과 다르게, 3분 루틴 기법보다 더 낮은 섬냄뷸리즘 성취율을 보이며, 망각 반응이 나올 정도로 충분히 심화하는 경우 순간 최면의 영역에 들지 못한다. 이 역시 가능하다는 전문가를 다수 만나봤는데, 인덕션이 종료된 후 망각 반응이 나타나지 않는 것을 확인했다.

대표적인 그래프는 다음과 같다.

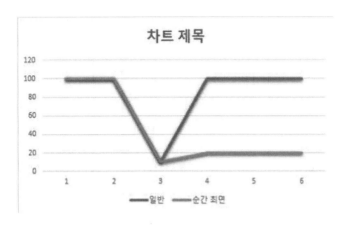

- 혼란 경악 기법의 원리 그래프 from. PHI Association -

혼란 경악 상황에 암시 반응성은 급격히 높아진다. 하지만 문제를 파악하며, 대상의 피암시성은 금세 제자리로 돌아오려고 한다. 높은 피암시성을 가진 채 살게 되면 타인의 암시에 과한 반응을 보일 수밖에 없으므로 정상 범주로 옮기려는 방어기제로 해석된다.

암시 반응성이 높아진 상황에 심화 암시를 하면, 일정 수준 내에서 암시 반응성을 유지할 수 있게 된다.

쇼크 인덕션의 단점은 이미 최면가들 사이에 많이 퍼졌다는 점이다. 이 기법을 알고 있다면 경악하지 않을 것이며, 놀랄 이유도 없다. 즉, 피암시성이 높아지지 않는다는 것이다. 최면가가 다른 최면가에게 쇼크 인덕션을 하는 것은 굉장히 비효율적이라는 것을 의미하지만 몰상식한 교육기관에선 최면가에게 사용하도록 교육하고 있다.

기본형

1. 사전 설명

https://youtu.be/rhXiwRuPjpc

상황에 따라 사전 설명은 생략될 수 있다. 특히, 쇼 최면(Show Hypnosis)에서 사람은 최면하게 될 것이라는 전제가 깔리게 되며, 그 순간 이미 높은 암시 반응을 보인다. 사전 설명이 없어도 최면가의 말을 수용하며, 이후 과정을 잘 따라온다. 그렇지 않더라도, 앞서 진행한 대상을 보며 학습한 다음 대상은 그렇게 될 것이라는 암시를 받게 되며, 사전 설명이 필요 없게 된다.

사전 설명은 다음과 같다.

"제가 슬립(Sleep)이라 하면, 눈을 감고 완전히 이완하세요."

"제가 당신에게 말한 슬립이란 단어는 잠을 자라는 뜻이지만 정말 잠을 자라는 뜻이 아니고 잠을 자듯 눈을 감고 완전히 이완하라는 의미입니다."

"제가 당신에게 'ㅇㅇㅇ'이라 하면, 눈을 감고 완전히 이완하세요"

---

2. 시선 고정 후 예상치 못한 순간에 경악을 준다.

시선을 고정하여 트랜스 반응을 만든다. 주변에 관심이 줄어든 상황이기에 외부적인 자극에 쉽게 경악할 수 있는 상태가 된다. 시선을 고정할 땐, 기본적인 고정 응시처럼 중앙에서 약간 높은 곳을 보게 하며, 손가락을 보게 하는 방법, 시계를 보게 하는 방법, 펜듈럼이나 반지를 사용하는 방법 등 다양하게 사용된다.

경악을 줄 때는 짧고 간결하게 큰 소리로 '키워드

(Keyword)'를 소리치며 목 뒤를 살짝 눌러 고개를 내릴 수 있도록 한다. 일반적으로 대상이 예상할 수 없는 시간에 경악을 주기 때문에 짧은 순간에 바로 소리치거나 7~15초 정도 기다렸다가 키워드를 소리친다.

3. 경악을 준 후 바로 심화한다.

경악을 준 이후 바로 심화에 들어간다. 고개를 내린 손은 그대로 목과 어깨 사이에 위치하며, 반대 손으로 이마를 대고 천천히 돌려 이완을 확인한다. 3~5번 정도 머리를 돌린 뒤 이완이 확인되면, 기본적인 심화 기법을 통해 상태를 안정시킨다.

암풀 인덕션

1. 서 있는 경우 발을 모으게 하고 손 하나를 악수하듯 잡는다. 반대 손으로는 대상의 목과 어깨를 잡아준다.

보여주기 위해 가장 많이 사용되는 암풀 인덕션은 복합적인 요소가 포함되어있다. 시작하기 전 대상의 자발성을 확인하기 위해 위치를 옮겨가며 따라오도록 하고, 3~5번 이상 시도하여 비합리적인 상황에서도 피암시 반응을 보이는지 확인한다. 하지만 상담상황 과 같이 자신이 자발적으로 상담을 받기 위해 찾아오 면 굳이 시간을 버릴 필요가 없기에 이를 행하지 않는 전문가도 있다.

발을 모으게 하는 것은 대상이 쉽게 중심을 잡지 못하 게 하여, 최면가에게 의지할 수 있는 상태로 유도하기 위함이다. 특히, 눈을 감고 발을 모은 상태는 더더욱 중심을 찾기 어렵게 하며, 대상이 유일한 도움인 최면 가에게 의지하도록 한다.

한 손으론 악수하듯 손을 잡고, 반대 손으론 목과 어 깨에 손을 올리며(일부는 뒤통수를 손바닥 전체로 잡는다), 팔꿈치는 아래쪽으로 향해 대상이 쓰러지더라도 잡을 수 있는 상태를 만든다. 만약 팔 전체로 몸을 감싸게 되면, 대상은 안정감을 느끼게 되어 인덕션이 효과적 으로 나타날 수 없다.

반면, 현대에 들어와 신체접촉에 예민한 사람이 늘어 났다. 남성의 팔이 여성의 가슴 근처에 닿는 것을 꺼 리는 경우 그림과 같이 팔을 살짝 떨어뜨려 놓고, 자세를 잡는 전문가도 있다. 나는 상황에 따라 자세를 변경하며, 대상의 몸무게와 체형을 고려하여 대처할 수 있는지 확인하여 진행한다.

최면가는 목을 잡은 손 방향의 다리를 앞으로 빼고, 다른 다리는 살짝 뒤쪽으로 놓아 중심을 잡아야 한다. 대상이 쓰러지게 되면, 최면가가 중심을 잡고 안전하게 쓰러지도록 해야만 한다.

대상이 쓰러지며 다치는 경우 모든 책임은 전적으로 최면가에게 있으므로 암풀 인덕션을 진행하려는 경우 이 자세를 꼭 지키길 바란다.

2. 사전 설명을 한다.

3. 눈을 보게 하여 시선을 고정하고, 예상치 못한 순간에 경악을 준다. 경악을 줄 때 손을 살짝 흔들어 신체의 경악을 같이 준다. 또한, 목 뒤를 살짝 눌러 고개를 숙이고 신체를 최면사에게 기대도록 한다.

4. 만약 쓰러지면 다치지 않게 뒤통수를 손으로 감싸고, 반대 손은 허리부터 위 허리까지 잡을 수 있도록 한다.

5. 신속히 심화한다.

핸드 드랍 인덕션

1. 사전 설명한다.

2. 앉아있는 상황에 팔을 쭉 뻗고 손바닥을 누르게 한다.

상담상황에 자주 사용되는 순간 최면 중 하나며, 그 이유 중 하나는 앉아서 할 수 있다는 점이다. 대상의 팔을 최대한 뻗게 하고 상담자의 손을 누르게 한다. 이때 상담자의 팔꿈치는 자신의 다리에 두어 버틸 수 있도록 하며, 대상의 손가락을 상담자의 손바닥을 감싸지 않도록 해야 한다. 힘이 약한 최면가가 힘이 강한 대상을 버티기 위한 자세며, 손을 뺄 때 걸리지 않도록 하기 위함이다.

3. 손바닥이 힘이 충분하게 느껴질 때 손을 빼며 경악을 준다.

손의 힘은 대상의 상체가 흔들릴 정도의 힘이 필요하다. 손이 빠졌을 때 상체가 흔들리며 중심이 무너지면 대상은 깜짝 놀라게 되며, 사람에 따라 앞으로 쓰러질 수 있다. 앞으로 쓰러지기 전 뺀 손은 대상의 이마를 잡아주고, 남은 손은 상체가 밀리지 않도록 어깨를 잡아준다.

4. 경악을 준 뒤 심화한다.

고정 응시 변형 1

1. 손가락이 눈꺼풀 사이에 위치하도록 하고, 눈꺼풀 카탈렙시를 만든다.

이전에 언급한 바와 같이 일부 전문가는 사람이 한 번에 두 가지 일을 할 수 없다는 전제로 이 방법을 사용한다. 약 절반 정도의 인원이 이런 카탈렙시 암시에 반응하는데, 그렇지 않은 경우도 쉽게 볼 수 있다. 그 때문에 카탈렙시 반응이 나타나면 다음 과정을 진행하고, 나타나지 않으면 얼버무리게 된다.

2. 머리가 밀리지 않도록 최대한 버티게 하며, 일정 시간이 지난 후 손가락을 떼며, 경악을 준다.

머리가 밀리지 않도록 암시하여, 대상이 앞쪽으로 힘을 가하게 한다. 손가락을 눈꺼풀 사이에서 떼는 순간 앞쪽으로 쓰러질 정도의 힘을 가하게 하며, 최면가는 경악 줄 시간을 확인한다.

3. 경악 후 심화한다.

경악을 주면 대상은 앞으로 쓰러지며, 최면가는 다치지 않도록 대상의 머리를 부드럽게 받아줘야 한다. 받아준 이후 고개를 3~5회 천천히 돌리며 심화한다. 자세가 불편한 경우 등을 의자에 다시 붙일 수 있다.

고정 응시 변형 2

1. 대상 뒤에서 어깨에 손을 올린 뒤 암시한다.

변형 1과 다르게 이 기법은 대상 뒤에서 진행한다.

2. 사전 암시한다.

3. 멀리 있는 무언가에 시선을 고정하고, 경악시킨다.

4. 경악 이후 신속히 심화한다.

패턴 인터럽트 인덕션
Pattern interrupt induction

패턴 인터럽트(Pattern Interrupt)는 한국에선 패턴 붕괴, 혼란 기법 등으로 불린다. 패턴 인터럽트는 쇼크 인덕션과 같은 원리로써 혼란스러운 상황에 일시적으로 높아지는 암시 반응을 사용하는 방법이다. 쇼크 인덕션과 다르게 언어 방법, 패턴에 의해 다양하게 사용될 수 있으며, 복잡하고 어려운 방식도 있다.

PHI 공동 협회장 Asni는 잠입 된 언어가 쉽게 혼란을 만든다며, 패턴 인터럽트를 사용하기 전 혼란을 야기할 잠입 암시를 섞어 사용한다. 자신의 피암시성을 자유자재로 조절하는 상황을 인지하지 못하는 경우도 생기며, 처음부터 끝까지 눈을 뜬 채 최면 반응을 경험시키게도 한다. 이 방법은 상당한 노력과 지식을 동반해야 하며, 이 책을 쓰는 나조차 쉽게 따라 하지 못한다.

한 유튜브 채널에서 영상을 봤다. 의사는 갓 태어난 아이에게 주사를 놓아야 하는 상황에 있었다. 의사는 주사기 뚜껑을 덮은 채 아이에게 장난쳤고, 아이는 이후에 무슨 일이 일어날지 모른 채 싱글벙글 웃기만 했다. 계속 장난을 치며 아이가 즐거워할 때 의사는 순식간에 뚜껑을 열고, 아이의 허벅지에 주사를 넣는다. 평소 같으면 통증으로 숨넘어가듯 울었어야 할 아이지만 약간 놀란 듯 당황하다가 부모에게 안겼다. 아기는 주사에 대한 공포와 즐거움이 만나 상쇄되었으며, 통증에 대한 반응이 트랜스로 인해 멀어졌다.

기존에 널리 알려진 기법은 연습 한두 번으로 체득할 수 있다. 하지만 패턴을 붕괴시킬 방법은 대상의 특징을 파악해야 하며, 무엇이 대상을 혼란시킬지, 혼란된 이후에 피암시성을 높일 수 있는지 알아야 한다. 이미 존재하는 패턴 인터럽트는 대상 하나하나를 맞출 수 없어 새로운 방법, 맞춘 방법을 연구해 준비하는 것이 좋다. 간접 최면으로 유명한 밀턴 에릭슨은 자신이 만든 기법이 정형화돼 대상에게 필요한 상담이 어려워질까 우려했다. 기존 방법을 고수하면 매우 쉬운 기법이지만 개인을 맞추는 기법을 고안하게 되면 한없이 어려워지는 기법이다.

핸드 쉐이크 인덕션

1. 악수하듯 다가가면, 대상은 손을 내민다.

악수하듯 손을 내밀게 되면 대상은 어렸을 때부터 학습한 대로 손을 내밀어 악수하려 한다. 이전에 학습한 과정대로 흘러가지 않으면 대상은 혼란스러워한다. 대상을 혼란스럽게 하려고 대상이 손을 내미는 즉시 손을 잡지 않고 다음 과정으로 넘어간다.

2. 손을 내밀 때 기존 악수 방식과 달리 반대 손으로 손목을 잡고, 손바닥을 얼굴 앞으로 가지고 와 중앙을 손가락으로 가리킨다. 내담자의 시선은 손바닥 중앙

으로 고정된다.

3. 손바닥이 점점 가까워짐을 암시하며, 손가락이 얼굴에 닿으면 눈을 감고 이완하라고 한다.

대상이 암시를 따르면 손을 떼고 손바닥이 점점 가까워짐을 암시한다. 손이 얼굴에 닿으면 눈을 감도록 암시한다. 전문가에 따라 손을 얼굴에 붙이게 하고 카탈렙시 반응을 만드는 경우와 닿는 순간 이완하도록 암시하는 방법으로 나눠진다. 각 방식은 혼란을 야기할 것인지, 높아진 암시 반응에 맞춰 이완 암시를 줄지 독자가 원하는 대로 진행하면 된다.

4. 대상이 눈을 감으면, 어깨에 손을 올리고 머리를 돌려 이완을 확인하거나 심화한다.

변형

1. 악수하듯 다가가면, 대상은 손을 내민다.

2. 손을 내밀 때 기존 악수 방식과 달리 반대 손으로 손목을 잡고, 손바닥을 얼굴 앞으로 가지고 와 중앙을 손가락으로 가리킨다. 내담자의 시선은 손바닥 중앙으로 고정된다.

3. 손바닥을 좌우, 원형으로 움직이며 대상이 시선을 따라오는지 확인한다.

4. 눈을 감기고, 감은 이후에도 눈은 손을 따라올 수 있도록 암시한다.

5. 손을 떼고 원형으로 움직이는 행동은 자의적으로 하는지 확인 후 손이 아래로 떨어지도록 암시한다.

6. 손이 떨어지며, 고개가 내려가면 어깨에 손을 올리고 머리를 돌려 이완을 확인하거나 심화한다.

변형 2

1. 악수하듯 다가가면, 대상은 손을 내민다.

2. 손을 내밀 때 기존 악수 방식과 달리 신발 끈을 묶는 등 다른 형태의 행동을 한다.

3. 혼란스러운 대상에게 다가가 눈을 감기고 심화한다.

복합 인덕션
The compound induction

 인덕션은 다양하며, 조합 방법에 따라 장단점이 나타난다. 가장 쉽게 조합할 방법은 쇼크 인덕션과 패턴 인터럽트를 초반에 섞어 진행하는 것으로 후반에 있을 심화나 인덕션을 쉽게 만들어준다. 반대로 특정 깊이에 도달한 대상에게 혼란, 경악 기법을 쓰게 되면 심화가 아닌 각성을 하게 되어 무의미해질 수 있다. 복합 인덕션을 활용하려면 대상이 어떤 상황에 있는지 확인하고 적절한 인덕션을 결합해야만 한다.

혼란형

● 기존에 있던 방식에 혼란을 줌

사용의 예

1. 초반에 혼란 기법으로 진행하며, 후반에 사용하지 않는다.

인덕션이 아닌 심화로써의 패턴 인터럽트는 크게 도움 되지 않는다. 특히, 심신이 편안한 상태에서 혼란스러워지기 어려우며, 이완을 방해하는 요소가 된다. 망각 반응이 나타나는 섬냄뷸리즘 상태를 성취한 대상이라면 특정 목적(망각 반응 확인 등)을 제외하곤 방해가 된다.

2. 언어적 혼란을 이용한 심화

목적은 다양하지만, 언어적 혼란을 야기해 비판력을 감소시키려는 목적이 강하다. 혼란스러운 상황이거나 특정 암시가 잠입 되어 대상이 쉽게 인지하지 못하도록 암시하는 방법인데, 대화 주제를 단시간 내에 여러

번 바꾸는 방법, 대답을 쉽게 하지 못하는 질문을 하는 방법, 트랜스 상태에 유도하는 방법 등이 있다

3. 컨빈서를 이용한 심화

대상이 예측한 것과 다른 현상이 나타난 경우 쉽게 놀라거나 혼란스러워한다. 혼란을 더 심화하기 위해, 대상이 확인하지 못할 질문을 여럿 물어 혼란을 더 야기할 수 있다. 예로, 망각 암시를 준 뒤 의문이 드는 표정으로 "아무것도 떠오르지 않는데, 왜 그럴까요?"라고 묻거나 마취 암시를 준 후 "대체 왜 이런 거죠? 분명 자기 손인데 말이에요."라고 묻는 방법도 있다. 혼란을 준 뒤 바로 심화 암시를 주고, 안심할 수 있도록 '잠깐 동안 사라진 정보', '잠깐 동안 사라진 감각'임을 인지시킨다. 이후 대상은 최면가에게 지지하거나 편안함을 느끼고 피암시성이 높아질 수 있다.

Ex) 지금 오른쪽 팔과 왼쪽 팔 중 어떤 팔이 더 이완되었는지 찾아보세요. 그중 팔 끝에 있는 손가락 중 어떤 손가락이 이완되었는지, 그 이완이 얼마나 퍼져 있는지, 느껴보면서, 호흡에만 집중합니다. 그 호흡이 당신에게 어떻게 느껴질지 모르겠지만 매 호흡을 통해 자신의 몸과 마음이 얼마나 편안해질 수 있는지 생각해보세요. 지금 이 순간 힘을 빼고 이완하세요.

해석 : 특정 상태 혹은 느낌에 트랜스를 유도하고, 트랜스 대상을 신속히 변형한다. 마구 변하는 트랜스는 혼란을 야기한다. 혼란스러운 장면에 이완을 여러 번 잠입하고 마지막에 이완을 직접 암시한다.

쇼크형

● 기존에 있던 방식에 경악을 줌

사용의 예

1. 초반에 경악 기법으로 진행하며, 후반에 사용하지 않는다.

패턴 인터럽트와 같은 이유로 충분히 심화한 특정 깊이에서 경악을 주게 되면 상태가 얕아질 수 있다. 일부는 컨빈서의 효과를 키우려는 목적으로 컨빈서 이후 경악을 줘 심화에 응용하기도 한다. 이 역시 섬냄뷸리즘 이후엔 큰 효과를 기대하기 어렵다.

2. 피라미딩에 적합한 기법이다.

쇼크 인덕션은 인덕션을 여러 번 반복하는 피라미딩 기법에 아주 적합한 기법이다. 인덕션 이후 다시 경악을 줘 심화하는 방법으로 사용되며, 눈을 뜨게 한 뒤 사용하는 방법과 눈을 감을 채 사용하는 방법 모두 활용 가능하다.

Ex) 눈의 뜨게 한 뒤 사용하는 경우 : "제가 당신에게 슬립이라고 말하면 그 즉시 눈을 감고 두 배 더 깊이 이완하세요. (트리거 형성) 잠시 후 제가 셋을 세면 그 상태 그대로 눈만 뜨세요. 하나, 둘, 셋… 이제 제 손가락을 볼까요? (대상 정면, 위쪽에 손가락 위치) 계속 바라보세요. 그리고 크게 심호흡하세요. (4~6회 호흡 후) 슬립! 눈을 감고 더 깊이 이완하세요."

> 눈을 감은 채 사용하는 경우 : "제 손을 잡아보세요.
> 더 강하게 더 강하게 잡습니다. (3~5초 후) 이제 풀
> 어보세요. 좋습니다. 다시 꽉 잡아볼까요? (손을 짧고
> 강하게 흔들며) 슬립!"

3. 트리거와 연합한다.

특정 단어에 대한 트리거와 최면 상태를 연합한 경우
차후 기법에 트리거와 경악을 동시에 주는 때도 있다.
어떤 전문가는 이를 특별한 기법인 양 소개하는데 사
실 큰 변화가 없는 기법이다. 충분한 상태가 형성됐다
면 트리거와 심화만으로 충분히 상태를 가져올 수 있
고, 상태가 형성되지 않았다면 트리거의 역할이 무의
미하다.

다만, 최면을 여러 번 반복하여 얕은 상태라도 트리거
의 의미를 잘 이해하고 해석하는 대상은 쇼크 인덕션
에 사전 설명을 제외할 수 있기에 더 빠른 상태를 얻
을 수 있게 된다.

혼란/쇼크형

● 기존에 있던 방식에 혼란과 경악을 줌

사용의 예

1. 혼란을 준 상태로 경악을 준다.

> Ex) 1. 혼란을 줄 대화 이후 경악시킨다.
>
>   2. 경악 이후 혼란을 야기하는 심화로 넘어간다.

2. 잠입된 순간 최면

비판력이 강한 대상에게 사용되는 방법의 하나로 상황에 따라 슬립이라는 키워드조차 사용되지 않는다. 상황을 고려하는 경우 대화만으로 혼란과 경악을 모두 줄 수 있는데, 대상이 어떤 특징을 가졌는지, 대상이 어떤 영역에서 혼란과 경악을 하는지 미리 파악해야 한다. 특히, 상담사건 최면가건 절대 대상으로 삼지 않는 가족이나 지인에 대해 접근하는 경우 특정 목적을 가지고 대화만을 이용한 방식으로 사용된다.

Ex) "동네에 OO라고 알아? 출근할 때 보니까 머리 모양이 달라졌더라고… TV 연애인 중에 그런 머리를 한 사람이 있었는데, 혹시 알아? 검은색 머리카락에 매번 치마 입고 오는… (침묵) 의자다! 잠깐 앉아봐. 여기 의자가 편해 보이네.

해석 : 모호한 설명에 대상은 최면가에게 집중한 트랜스가 나타난다. 답을 찾으려 하지만 특정 정보를 주지 않기 때문에 답을 찾지 못하는 경우 대상은 혼란스러워하게 되며, 침묵 이후 특정 정보를 크게 말해 경악을 준다. 높아진 암시 반응에 앉아보라는 최면가의 말을 높은 확률로 따르게 된다.

컨빈서형

● 최면 반응을 통해 확신을 주고, 유도함

사용의 예

1. 유도 없이 쉽게 나타나는 카탈렙시 반응이 나타나면, 경악을 줘 유도한다.

2. 3분 루틴 + 컨빈서 + 혼란/경악 이후 심화

트리거형

● 기존에 조건 형성된 무언가를 이용해 유도함

사용의 예

1. 이전에 상태 트리거를 설치한 경우, 트리거와 인덕션을 결합하여 사용한다.

전에 최면을 하며 상태에 대한 트리거를 사진 대상에게 트리거와 인덕션을 결합하여 사용한다. 예로 "슬립"이라는 단어가 상태 트리거인 경우, 트리거를 말한 뒤 점진적 이완을 하거나 트리거 단어를 이용해 순간 최면, 혼란 기법에 응용한다.

2. 이완을 유도할 특정 상태 혹은 상황과 트리거를 연합하고, 심화를 목적으로 사용한다.

이완과 관련된 상태, 상황은 휴식, 안전한 장소, 편안함 등이 된다. 이전에 했든 혹은 경험했던 것 중 트리거나 앵커가 형성되었다면 이를 최면 유도 과정에 직접적으로 사용할 수 있다. 트리거를 만들지 않았더라도 "가장 좋아하는 장소", "가장 편안한 장소", "가장 안전한 장소" 등 특정한 상황을 떠올리도록 하여 심신 이완을 유도할 수 있다.

---

ex) 혹시 전에 스웨덴 갔던 적 있다고 했잖아? TV 보면 나무랑 풀밭이 넓게 펴져서 가슴이 뻥 뚫릴 것 같은 곳이 있던데... 가본적 있어? (대답) 혹시 그곳에서 공기는 어때? 시원하고 상쾌하고 그럴까? (대답) 우와, 부럽다!(자극: 특정 소리(테이블을 두드리는 소리 등), 자극(어깨를 살짝 찌르는 행동 등)을 부여해 트리거를 형성) 그리고? 난 상상만 해도 좋을걸?

---

3. 2번 과정에서 여러 가지의 트리거를 설치하여, 심화로 사용한다.

단 하나의 상황이 아닌 다양한 상황, 상태를 여러 가지의 트리거로 사용하는 방법이다. 트리거를 설치할 때, 상황에 대한 트리거가 아닌 그 상황의 상태, 감정

등에 연합해야 하며, 사용 시에는 한 번에 사용하는 것도 좋지만, 특정 깊이에서 넘어가지 못할 때 보조적으로 사용하는 것도 하나의 방법이다.

4. 혼란을 유도할 트리거를 설치하여, 인덕션을 목적으로 사용한다.

이 방법은 별로 좋지 않은 방법이다. 혼란을 유도하는 것이 아닌 혼란에 대한 트리거를 만드는 것이기에 트리거가 발동하는 어떤 상황이 최면가가 없는 일상생활이 될 수 있다. 하지만 트리거를 만들지 않아도 현대인은 혼란스럽고 불편한 상황을 쉽게 접한다. 즉, 혼란스러운 상황과 이미 연합되었을 가능성이 커 트리거를 찾아 활용할 수 있다.

혼란 기법과 달리 이 방법은 혼란의 수준이 다르며, 강한 스트레스 요인이 된다. 인덕션을 하더라도 최면가와 라포가 깨질 수 있어 충분한 공감과 이해를 하며 진행해야 한다. 시도하기도 어렵고 걸맞은 상황도 찾기 어렵기에 거의 쓸 일이 없을 것으로 본다.

일부 최면가는 대상이 호소하는 문제를 연상시켜

인덕션으로 활용한다. 이를 해결할 수 있다면 인덕션으로 정말 좋은 기법이다. 하지만 반대의 경우, 대상은 극한의 스트레스를 경험하게 될 것이며, 상담사를 다시 찾아오려 하지 않을 것이다.

각성형 유도
The indirect hypnosis

소통하기 위해 사용하는 문자나 말 따위를 언어라 한다. 언어는 어떻게 사용하냐에 따라 A가 되고 B가 된다. 심지어 같은 말이라도 어감, 말투에 따라 전혀 다른 의미가 되기에 사용 방법이 무궁무진하다. 예를 들어, 대상의 손이 가까이 올 때, "손!"하고 소리치면 손을 떼라는 의미가 되고, 자신의 손을 보여준 채 "손"이라 말하면 손을 보여달라는 의미가 된다.

언어 패턴은 실제로 사용하기 나름이며, 방법은 나눌

수 없을 만큼 다양하다. 나라별 언어와 비언어가 달라 각 나라별 간접 최면, 언어 패턴이 달라진다. 전 세계로 넘어가면 사용할 수 있는 방법은 한정된다. 하지만 아래 기법은 전 세계에서 사용할 수 있는 방법으로 각국의 예의범절 문제만 없다면 사용할 수 있다.

정보연합형

1. 대상의 비판력에 어긋나지 않는 정보와 섞어 암시를 준다.

대상은 자신이 신용하고 합리적으로 믿는 정보에 대해 수용한다. 대상이 최면가가 주는 말에 지속해서 수용하는 경우 자신의 비판력에 어긋나더라도 암시를 받아들이는 경향을 보인다. 간접 최면 기법의 하나인 Yes set 와 비슷한 원리로 볼 수 있다.

상황을 잘 이해하고 통제할 수 있는 경우 한 문장 안에 수용할 정보와 암시를 넣어 빠르게 사용할 수 있다. 피암시 반응이 나오기 시작하면, 필요한 암시를 늘리며, 비판력의 수준을 확인한다. 비판력이 낮아지고 암시를 쉽게 수용한다면 최면을 언급하여 최면 유도로 넘어가는 때도 있고, 이미 높아진 피암시성을 이용해 직접적인 암시를 하기도 한다.

라포형

라포 형성이 된 대상은 최면가에 대해 수용적이다. 라포를 의도적이고 빨리 만드는 방법은 대상이 가진 정보와 최면가의 정보를 동일시하는 것이며, 대상의 주장에 대해 수용하는 것이다. 라포가 형성된 이후 몇몇 암시를 줘 피암시성을 확인하고, 확인한 이후 최면 유도로 넘어가거나 높아진 피암시성을 이용해 직접적인 암시를 준다.

> ex) "OO 영화 보셨어요? (대화 시작) 사람들이 말하던데 OO가 (영화 이야기)라고 말하네요. (타인이 주는 정보로 암시하여 주장이 다르더라도 수용할 수 있도록 한다) 어떻게 생각하세요? (잠시 말할 시간을 줌) 맞아요. 저도 같은 생각이에요. (동의하며 대상이 가진 정보와 같음을 암시한다) 다리도 아픈데 잠깐 앉아서 이야기할까요? (원하는 암시를 준다.)"

잠입형 1

대상은 전체적인 문장을 이해하려 노력한다. 전체적인 문장에 의식한 탓에 세부적인 정보에 대해 잘 의식하지 못하며, 비판력에 의해 잘 걸러지지 못한다.

1. 제공하는 정보 안에 숨겨진 암시를 넣는다.

2. 간접 최면 기법 중 잠입 암시(Embedded Suggestion)를 응용한 기법이다.

---

ex) "뒷집에 사는 OO가 오늘 저녁에 비를 맞으며 집에 들어왔다. 그런데 너무 피곤했는지 그대로 쓰러져서 잠이 들어버렸어… 얼마나 곤히 자던지 깨울 수가 없더라…"

해석 : OO가 뒷집에 살고 있다는 정보에 비판할 가능성이 작아진다.

잠입형 2

1. 잠입 된 문장에 명령을 숨겨 암시한다.

2. 간접 최면 기법 중 잠입 명령(Embedded Command)을 응용한 기법이다.

ex) " 뒷집에 사는 OO 이가 나한테 "그만해!!" 라고 소리쳤어. 오늘도 내가 너 밥 먹을 때처럼 막 먹고 있는데, "그만 먹어, 돼지야."라고 말하더라고. 정말 상처받았는데, 이런 소리 안듣게 나도 다.이.어.트를 해야겠어."

해석 : 주고 싶은 암시 중 "그만해!!", "그만 먹어, 돼지야."를 사건에 관한 이야기로 변형하여, 비판력을 감소시킨다. 대상은 자신이 직접적으로 듣지 않았다고 생각해, 최면가에게 비판적인 태도를 보이지 않지만, 강하고 단순한 암시를 하나의 정보로 얻게 될 것이다. 암시를 줄 땐 상대의 눈을 보고 상대에게 말하듯 짧고 간결한 문장이 좋으며, 긴 스토리텔링 방식도 효과적이다.

강조하는 방법은 강한 어조로 말하는 방법뿐 아니라 끊어 말하는 방법, 다른 형태(음량이나 말투를 바꿈)로 말하는 방법 등 다양하다.

메타포형

● 메타포는 은유를 뜻하며, 사물의 본뜻을 숨기고 보조관념을 간단하게 제시하는 방법이다.

● 대표적인 방법은 대상과 비슷한 상태를 가진 이야기의 주인공 A가 원하는 상태 B로 변하는 과정을 넣은 이야기로 표현된다.

---

ex) 아동에게 학습을 유도하려는 경우

"귀여운 강아지 한 마리가 매일 뛰어놀며, 행복한 시간을 보내고 있었어요. 엄마, 아빠 강아지가 열심히 일하는 사이에도 귀여운 강아지는 언제나 '왈왈' 짖으며, 뛰어다녔답니다. 얼마나 즐거웠는지 시간이 너무 빨리 지나갔지요. 그러던 어느 날, 엄마, 아빠 강아지는 귀여운 강아지에게 마법의 가루를 가져다 달라고 했습니다. 엄마 아빠에게 칭찬을 들을 생각에 신난 강아지는 창고로 뛰어갔습니다. 뛰어가서 이리저리 확인했는데, 마법의 가루가 무슨 색인지, 어떻게 생겼는지, 또 맛을 어떤지, 향은 어떤지 알 수 없었어요. 그러자 형이 달려와 어떤 가루를 가져가더니 엄마 아빠에게 가져갑니다.

엄마 아빠는 형이 가져온 가루를 받으며, 잘했다고 칭찬해줍니다. 하지만 귀여운 강아지에겐 아무런 말을 하지 않았죠.

귀여운 강아지는 부모님께 칭찬을 받기 위해 도서관으로 달려갔어요. 칭찬을 받기 위해 책을 한 권, 두 권 읽기 시작했어요. 그런데 얼마나 시간이 지났는지 더는 도서관에서 책을 읽을 수 없었답니다.

도서관에 있던 사서님은 책을 더 읽고 싶다면 책을 빌려주겠다고 하죠. 귀여운 강아지는 신이나 책을 빌려 집으로 가 다시 읽기 시작했습니다. 엄마 아빠 강아지는 책을 읽고 있는 강아지를 몰래 보며 웃음 짓고 있었어요. 알고 있었던 것이죠. 이렇게 열심히 공부한 강아지가 훌륭한 어른이 될 것을 말이죠."

트랜스형

1. 트랜스 상태에 있는 대상에게 암시하거나, 트랜스 상태를 유도하여 암시하는 방법으로, 높은 암시 반응 상태를 형성한다.

2. 대표적인 트랜스 유도 방법은 아래와 같다.

* 침묵

트랜스를 유도하기 위한 침묵 방법은 문장 사이에 잠시 멈춰 다음에 나올 정보를 얻지 못하게 하는 것이다. 정보를 얻지 못하게 되면 대상은 비어있는 정보를 채우기 위해 여러 행동을 하게 되는데, 대개 최면가에게 집중하고 다음 나타날 정보에 관심을 보인다. 이 상태에서 준 암시는 비판력을 쉽게 우회하게 되고, 정보를 쉽게 학습하게 한다.

---

ex) "어제 하늘에서 유성우가 떨어졌는데, 마치… '잠깐 앉아봐…' 마치… '아니 일어서서 말해야겠다.' 비가 내리는 것 같았어…"

해석 : 대상은 다음 나올 정보에 대해 집중하는데, 비판력이 낮아진 트랜스 상태에 높은 암시 반응성을 보인다. 즉, 잠시 말을 멈추고 앉아보라고 하거나 일어서라고 하면 대상은 쉽게 암시를 따르게 된다.

---

* 시선 고정

사람의 감각 중 시각은 다양한 요소에 영향받게 된다.

시선이 고정되었다면 다른 자극에 덜 영향받고 있음을 의미하며, 집중되었음을 의미한다. 물론, 대상이 의도적으로 그런 행위를 하면 트랜스 효과가 나타나지 않겠지만, 이런 행동을 하도록 암시를 몰래 잠입할 경우 암시 반응성이 높아지는 것을 알 수 있다. 단순히 시선을 고정하는 그것뿐만 아니라 대상에 관한 관심과 집중을 만들어야 한다.

* 밀턴형 정보 제시

국내 NLP 협회에선 해당 기법에 대해 상향 유목화라는 단어로 설명한다. A라는 어떤 정보를 포함한 정보를 통해 소통할 경우 대상이 주장하는 정보에 어긋나지 않아 대상이 대화에 불편함을 느끼지 않는다는 것이다. 다른 해석으로는 모호한 정보를 주게 됐을 때 대상은 빈 정보를 채워 넣으려 노력한다. 예로, "기분 어때?"라는 질문에 주어가 빠져, 어떤 대상에게 묻는 것인지 확인할 수 없지만, 앞뒤 문맥을 읽고 그 주어를 스스로 파악한다.

밀턴형 정보를 모호하게 줌으로써 자신이 스스로 판단하고 인식한 정보에 대해 대상은 쉽게 비판력을 가지지 않을 것이며, 결국 높은 암시 반응성을 가지게 된다.

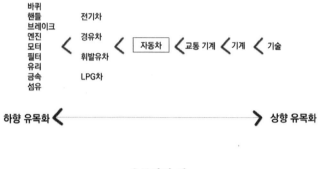

- 유목화의 예 -

* 기타 집중을 필요로 하는 상태

집중을 필요로 하는 상태를 일부 최면가는 트랜스를 필요로 하는 상태로 오해한다. 나는 이 상태를 크게 두 가지로 분류하고 있는데, 한가지 대상에 집중된 상태와 다중 대상에 집중돼서 혼란스러운 상태로 나눈다. 전자의 경우, 자신이 얻으려는 정보나 이득, 보호를 위한 본능 등 다중적인 이유로 인해 해당 정보에 집중하고 높은 암시에 반응하게 된다. 예로, 상담상황, 위험 상황, 자신이 흥미 있는 정보를 학습하는 상황 등이 된다. 위험 상황에는 이전에 흘렸던 대처 방법이나 지인의 말이 작동하는 때도 손쉽게 볼 수 있다. "누가 따라오면, 뒤도 보지 말고 뛰어!"라는 말을 들은 대상은 안정되고 편안한 상황엔 해당 조언을 잘 이행하지 않지만, 비슷한 상황으로 인해 혼란스럽고 두려운 경우 이전에 제공한 암시라도 쉽게 따르게 된다.

후자의 경우, 이전에 말한 목적을 충족시키기 위해 자신이 판단해야 할 상황이 다중적인 경우로 예를 들 수 있다. 판단해야 할 문제가 아닌 다른 자극이 들어오면 대상은 거부하게 되겠지만 집중하고 있는 문제에 대한 자극은 자신이 해결하려 최대한 노력하게 될 것이다.

예측 불허형
Unpredict pattern

최면 상담을 하며, 일부 대상은 최면 유도가 필요하지 않았다. 이미 피암시성이 높거나 자신의 문제에 연합되어있는 경우다. 단순히 대화하는 과정에서 눈물을 보이거나 불안 발작을 보이는 지인도 있었는데, 암시나 조언을 쉽게 수용한다.

이미 충분한 암시 반응을 보이는 대상에게 최면 유도는 불필요하다. 불필요하지만 특정 상황에 이 암시 반응을 최면사가 사용할 수 있도록 만드는 과정이 필요하다. 대상이 어떤 상황인지 파악하고, 활용 가능한 요소를 적극적으로 확인해야 한다.

외상 상태

전쟁, 성폭행, 사고 등을 경험한 사람은 심리적 외상을 앓을 수 있다. 사건을 직접 경험하지 않고, 보는 것만으로 혹은 듣는 것만으로 외상을 얻는 예도 있다. 증상이 강한 경우, 신체나 생명이 위협될 극심한 스트레스를 경험하고 우울증, 공황장애, 불안장애 등을 나타내는 외상 후 스트레스성 장애, 일명 PTSD(Post-traumatic stress disorder)로 진단된다.

외상에 대해 예민한 반응을 보이는 대상은 떠올리는 것으로 폭발적인 감정 표출을 보인다. 이 표출로 인해 대상은 자신의 상태와 과거의 경험으로부터 오는 외상의 기억, 상황에 연합되며, 부정적인 트랜스 반응을 나타낸다. 이 부정적 반응이 나타났을 때 대상은 혼란에 휩싸이게 되는데, 무의식은 이 상황을 벗어나기 위한 몸부림을 친다. 즉, 주변에서 도움이 될 것 같은 암시를 쉽게 받아들이게 되며, 높은 암시 반응을 보인다. 반대로 이 대상과 라포 형성이 되지 않았다면, 혹은 부정적인 시각을 가진 대상이라면 회피하려는 경향이 강해 오히려 암시 반응이 줄어들 수 있음을 참고하면 좋을 것 같다.

상담상황에선 대상 대부분이 도움을 요청하는 상황이다. 도움을 요청하기 위해 왔기 때문에 상담사를 한 명의 지지자로 본다. 외상 상태가 표현되기 시작할 무렵 대상은 도움이 될 것이라는 믿음을 가진 상담사에게 적극적인 암시 반응을 나타낸다.

감정 상태

외상 상태와 다르게 외상을 겪지 않은 채 감정을 표출하는 대상이 있다. 나는 이 상태를 크게 두 가지로, 긍정적 감정, 부정적 감정으로 분류하고 있다. 긍정적 감정 상태에선 자신의 암시 반응이 높아진 상태를 유지한다. 누구나 겪어볼 만한 내용으로, 기분이 좋을 때 누군가 장난을 쳐도 쉽게 받아들이고, 오히려 즐거움을 한 층 더 향상시킨다. 반면, 기분이 나쁠 때 누군가 장난을 치면 쉽게 화를 내고, 장난 자체를 하나의 스트레스로 받아들인다. PHI 협회에서 주장하는 마음 이완과 관련된 상태인데, 이를 목적으로 상담 전 간단한 농담이나 관련된 메타포로 긴장을 낮추는 최면가를 쉽게 볼 수 있다.

부정적 감정 상태는 불안한 긴장 상태나 무기력한 상태로 나눠 확인해야 한다. 긴장 상태에선 안정을 유도해야 하고, 무기력한 상태에선 활력을 유도해야 한다. 이 둘은 외상 상태에 적용할 원리와 같게 주변에 도움이 될 특정 상황, 인물을 쫓는 무의식적 반응을 보인다. 상태에 도움이 될 것이라는 믿음을 심어 진행하면 대상은 높은 피암시성을 보인다.

경험 상태

최면은 학습하고 반복할수록 상태에 들기 쉽다. 프랙셔네이션 기법이 여러 번 반복하기 위해 만들어진 방법이며, 긴장과 이완을 반복시키기에 좋은 방법이다. 이 기법과 같은 원리로 어떤 특정 최면 반응을 경험한 대상은 다시 한번 더 같은 반응을 불러오기 쉽다.

최면가는 다른 최면가와 함께 훈련한 대상의 상태를 파악한다. 단순히 물어보는 것으로도 쉽게 그 상태를 회상하게 할 수 있으며, 회상된 정보와 함께 나타난 신체적 반응을 최면 유도에 사용할 수 있다. 반면, 다른 방법, 방식으로 접근하지 않아도 다른 최면가라는 인식 때문에 상태에 들기 위한 비판력 우회가 비교적 쉽게 나타난다. 다른 최면가와 라포 관계가 치밀하게 이뤄졌다면 새로운 최면가와 라포 형성에 어려움을 겪을 수도 있는데, 암시 반응을 높이기 위해 일시적으로 다른 최면가의 형태를 따라 대상과 라포를 형성하고, 자신의 형태와 연관 지을 수 있도록 천천히 자기 개방을 하는 것도 좋은 방법이 된다.

나와 '대상을 상담한 최면가'가 약 20% 수준의 동일한 기법을 사용한다고 치자. 80%의 차이기에 대상은 전혀 다른 상태로 인지하게 될 것이다. 이전 최면가가 부정적이었다면 대상은 20%의 같은 면만 보더라도 쉽게 부정적으로 인식하게 된다. 반대로 이전 최면가가 긍정적이었다면 대상은 비교적 긍정적인 인식을 두면서도 비교 대상으로 인식하게 된다.

이전에 상담한 최면가가 부정적일 경우 대상과 충분한 라포를 형성할 때까지 부정적으로 인식할 행동이나 방식, 기법 등은 최대한 자제하는 것이 효율적이다. 그 이후 점차 시간을 들여 충분한 라포를 쌓았다면 그때 점진적으로 자신의 기법을 사용하고, 자신의 방법을 표현하는 것이 좋다.

이전에 상담한 최면가가 긍정적일 경우, 이전에 상담한 최면가의 기법과 말투, 행동 등을 확인하고 대상이 의식적으로 눈치채지 않을 만큼 자신의 패턴을 바꾼다. 대상이 인식한 긍정적 행동이 새로운 최면가에게 잘 표현된다면 라포 형성은 비교적 쉬워진다. 상담 기간이 길어지게 된다면 자신의 패턴을 점차 표출시켜 대상이 두 가지 모두 긍정적인 인식을 가질 수 있게 함이 좋다. 상담사 역시 자신의 기법과 행동, 패턴을 사용하는 편이 상담에 긍정적 영향을 끼치기 때문이다.

암묵적 허용상태

심리학을 공부하고, 무의식적 반응을 잘 확인할 수 있는 상담사에게 알아 두면 좋은 방법이다. 대상은 어떤 이득을 얻기 위해 상담을 신청한다. 상담을 받기 위해 찾아온 대상은 상당히 수용적이기에 암묵적인 허용상태라 할 수 있다.

하지만 간혹 상담상황임에도 불구하고 비판적이고 부정적인 사람을 볼 수 있다. 대표적인 예로, 상담을 위해 찾아온 것이 아니라 주변인의 비난과 비판을 멈추기 위해 상담을 시도하는 경우와 최면이라는 것 자체에 부정적으로 인식했으며, 자신에게 통하지 않는다며 도전적으로 생각하는 경우가 그러하다. 전자의 경우, 가장 많이 본 사례가 자신이 원치 않는 금연, 금주를 가족에 의해 혹은 지인에 의해 끌려온 경우다. 자발성이 없기에 내가 주는 어떤 조언이나 자문도 거부하며, 일말의 노력도 하지 않는다. 후자의 경우 최면의 오해를 가진 사람과 최면에 걸리지 않을 것이라는 착각에 빠져 암시에 정반대로 행동하는 경우다.

상담상황에서 이 두 가지 사례는 상담사와 내담자 모두에게 불편함을 만드는 경우이며, 최소한의 암묵적 허용상태도 없는 아주 부정적인 상태다.

반대로 암묵적인 허용상태가 만들어진 경우, 상담자가 말하는 어떤 조언이나 자문도 쉽게 수용한다. 의사가 말하는 조언과 친구가 말하는 조언이 다르듯이 말이다. 정신과 의사나 심리 상담사도 쉽게 볼 수 있는 현상으로 예를 들자면, "많이 힘드셨군요."라는 말 한마디에 내담자는 펑펑 울어버린다. 그동안 억압된 감정을 한순간에 폭발하며, 내담자의 근본적인 원인에 쉽게 접근할 수 있는 상태가 된다. 또한, 상담사가 지지해줄 수 있는 대상이 되는 순간, 라포는 이미 차고 넘치는 수준이 되며, 대상은 상당히 수용적인 사람이 되어버린다.

감정적으로 고조 되어있는 대상은 아주 작은 자극만으로 강한 허용상태를 형성할 수 있다. 대표적인 예로, 목소리가 떨리거나 특정 대화 도중 눈이 충혈되고 호흡이 빨라지며, 거칠어지는 현상이 보일 때 해당 영역의 감정을 폭발시킬 수 있는 단어나 문장, 패턴을 이용한다. 이런 경우, 대상은 상담가가 자신을 파악하고 있다는 생각을 하며, 자신을 도울 수 있다거나 문제를 해결해줄 수 있는 사람이라고 생각할 수 있다. 다시 말하면 아주 수용적이고 피암시성이 높은 사람이 된다.

이런 암묵적 허용상태를 쉽게 만든다면 상담은 아주 성공적이고 쉽게 진행되기에 상담사라면 빨리 적용할 수 있도록 훈련하는 것을 추천한다. 감정이 고조된 상태의 예는 아래와 같으며, 사람에 따라, 상황에 따라 차이가 있기에 섬세한 탐색이 필요하다.

감정이 고조된 상태의 예

1. 호흡이 거칠어지거나 불규칙하다.

2. 호흡이 빠르다.

3. 눈이 충혈되거나, 눈물이 고이며, 때에 따라 눈물을 흘린다.

4. 긴장을 동반한 경우 손을 떨기도 하며, 표출하는 감정을 막으려는 시도로 생각할 수도 있다.

5. 손톱을 물어뜯거나 다른 손으로 꼼지락대는 것은 불안한 상태임을 말하거나 상황에서 벗어 나고 싶어 하는 상태일 수 있다.

6. 국가별 행동차가 있지만 양 눈썹 중앙이 올라가면 울지 않으려 하는 등의 억압적인 행동일 수 있다.

비언어 인덕션
Non-verbal induction

사람은 소통하기 위해 언어와 비언어를 사용한다. 언어는 말, 문자 따위를 통해 소통하는 것을 말하며, 소통에 관여하는 나머지를 전부 비언어로 볼 수 있다. 대표적인 예로 시선, 표정, 동작, 거리 유지이며, 호흡 속도, 얼굴색, 혈압까지 포괄적으로 보는 학자도 있다. 비언어 인덕션에서는 사람이 의식적으로 행동할 수 있는 영역을 다루게 될 텐데, 상황에 따라 자신이 범용적으로 사용 가능한 무의식적 반응을 사용하는 연습도 효과적일 것이다.

비언어 인덕션은 대부분의 최면 협회가 필수적인 교육 요소로 본다. 그 이유가 NLP와 결합한 협회가 대다수고, 기존 언어적 최면 암시에 비언어를 섞기 위함이다. 하지만 모 협회에서 형식화된 기법을 본 적 있는데, 이를 필수적인 프로세스로 오해하고 있는 트레이너가 있다. 해당 작업은 순서를 바꿔도 되는 방법이고 세분할 경우 수만 가지 기법이 될 수 있는 방식이다. 사실 한국에 알려지지 않아 자신의 인지도를 높이기 위한 수단으로 쓰는 것 같다.

PHI 협회에서 이를 필수 요소로 보는 이유는 무의식적 반응을 확인하게 하고, 대상의 반응에 맞춰 상담사가 반응할 수 있게 함이다. 시도 때도 없이 웃는 상담사와 대상의 감정이 긍정적일 때 웃음 짓는 상담사는 전혀 다르다. 대상과 매칭(Matching)되는 방법은 언어만이 아닌 비언어 영역까지 확인해야 한다.

나는 이런 비언어 영역을 감정을 폭발시키거나 해소된 감정을 복귀시키는 영역까지 다양하게 사용한다. 사용이 어려워 아직 벡터 프로세스에 적용할지 고민하고 있는데, 노련한 상담사라면 충분히 할 수 있을 거로 생각한다.

기본 형태 모음

1. 고정 응시의 예시

https://youtu.be/7snKdqv6rD0

1. 시선을 위로 올릴 2. 자신의 눈을 가리킴 3. 손바닥을 놓고,
   대상을 가리킴   손바닥 중앙을 가리킴

2. 눈 감기기의 예시

1. 자신의 눈에 고정한 경우 자신의 눈을 피곤한 듯 보이게 한다. (라포에 의한 동화 현상) 대상의 시선이 내려갈 수 있도록 천천히 자신의 몸을 아래로 낮춘다.

2. 일정 거리를 띄운 채 손을 눈 위에서 아래로 천천히 내린다.(이마부터 광대뼈까지 살짝 쓸어내림. (접촉면적은 엄지

와 검지 사이를 이용하며, 손바닥 전체를 이용하는 것은 자제한
다.))

3. 목덜미를 손가락 하나로 살짝 앞으로 누른다. 고개
가 숙어지면 즉시 다른 손으로 눈을 가려 시야를 막는
다.

3. 이완 암시의 예시

1. 대상의 등 뒤에서 어깨에 손을 올린다. 대상이 호흡
을 내쉴 때 살짝 어깨를 눌러 신체가 쳐지도록 유도한
다. 평균 5회 이상 진행된다.

2. 어깨에 한 손을 올리고 그 손의 집게손가락을 분당
50 정도의 속도로 뗐다 붙이기를 반복한다. (조건화 원
리와 트랜스 효과)

3. 대상의 앞에서 어깨에 손을 올린 뒤 뒷목을 검지로
살짝 눌러 고개가 숙어지게 한다. 고개가 숙어지는 순
간 대상의 이마가 최면가의 쇄골뼈 아래쪽 혹은 어깨
바깥쪽 근육에 놓일 수 있도록 한다. 반대 손은 대상

의 뒤통수에 위치하여 머리가 더 내려가지 않도록 감싸고, 팔 전체로 머리를 감싼다. 약 10초 이상 기다리며 대상이 스스로 편안함을 느끼며 이완할 수 있도록 한다.

4. 트랜스 유도의 예시

1. 뒷목과 이마를 살짝 접촉하고 적당한 속도로 원을 그리듯 회전시킨다. 만약, 목 근육에 경직이 느껴진다면 반대 방향으로 회전시킨다.

2. 서 있는 경우 대상의 어깨에 손을 올린 채 앞뒤 혹은 좌우로 약 5~10도 정도의 각도로 흔든다.

5. 동화 효과를 이용한 심화

1. 대상의 호흡을 약 5회 정도 매칭(해당 기법에선 대상이 같은 속도로 호흡한다는 것을 인식해야 하기에 호흡 소리를 크게 내거나 약간의 신체적 자극을 주어야 한다) 한 뒤 대상의 호흡

속도보다 약간 느리게 호흡한다.

6. 카탈렙시 현상 유도 및 컨빈서 효과

1. 두 손가락으로 손목 옆쪽을 집고 다른 한 손의 검지와 중지로 팔꿈치를 살짝 밀어 팔이 펴지도록 한다. 팔이 펴지면 대상의 몸쪽으로 아주 살짝 튕기듯 눌러 자극을 준다. 근육의 경직을 확인하며, 약간의 경직이 확인된 순간 팔꿈치를 누르는 손을 천천히 뗐다 붙이기를 반복한다. 떨어진 이후에도 경직되어있다면 팔을 잡는 어깨 근육과 이두 근육을 빠르게 손가락으로 두드리며, 긴장을 유도한다. 완벽하게 경직이 확인되면 손목을 잡은 손을 천천히 뗐다 붙이기를 반복한다. 최종적으로 팔이 고정됐음을 확인하면 손을 뗀다. 약 5초 이상 유지한 뒤 손목 아래쪽에 손을 놓고 여러 번 두드리며 팔을 좌우로 흔들어준다. 팔이 이완되기 시작하며 내려가면 팔꿈치에도 손을 놓고 천천히 이완시켜 무릎에 살짝 내려놓는다.

2. 리클라이너와 같은 의자에 앉은 대상에겐 위와 같은 방법으로 진행하되 팔을 펴지 않고 팔걸이에 팔꿈

치를 놓고 팔의 각도는 살짝 뒤를 향하게 한다.

7. 국가별 비언어적 표현의 주의 사항

비언어적 표현은 국가별 다른 양상을 보인다. 엄지를 드는 행동은 긍정을 표현하는 국가가 있고 부정을 표현하는 국가도 있다. 고개를 좌우로 흔드는 것이 인도에선 그렇다는 것을 의미하며, 대부분 국가에선 아니라는 것을 의미한다. 예의범절을 포함하면, 대상을 손가락으로 가리키는 것을 부정적으로 보는 국가가 있고, 그렇지 않은 국가도 있다. 상황에 따라 엄지손가락으로 가리키는 것이 예의 있는 것으로 보는 국가도 있다.

비언어는 대상이 성장한 국가의 방식을 따르는 것이 좋다. 가끔 외국인이 나에게 상담을 요청하는데, 비언어를 사용하려면 나는 며칠을 연구하고 확인하는 과정을 거친다. 외국인이 괜찮다고 말해도 무의식적으로 부정적으로 느끼는 경우 라포를 유지하는데 어려워질 수 있다. 웬만하면 자국의 대상에게 비언어 유도 기법을 적용하고, 외국인을 주의하길 바란다.

에너지형

주의 사항

일부 최면 교육 장소에서 소위 말하는 '메즈머리즘 (Mesmerism)'을 사용한다고 한다. 신체에 흐르는 자화 에너지(Magnetic Energy)를 사용해 최면 유도에 사용한다는 것이다. 약 1700년도에 의사로 활약한 안톤 메즈머는 벤저민 프랭클린을 포함한 검증단에 의해 아니라는 것을 증명했다. 이때 나타난 현상들은 플라세보 효과로 알려졌음에도 불구하고 일부 최면가들은 에너지라는 것에 현혹돼 말도 안 되는 기법을 공부하고 다닌다.

한국에도 이와 비슷한 교육을 다수의 최면 센터에서 진행 중인데, 최대한 거르는 것을 추천한다.

원리

에너지라는 영역은 동양은 물론 세계적으로 퍼진 신비 영역이며, 기, 마법, 주술 등 다양한 신념과 믿음이 자리 잡은 종류의 영역이다. 오컬트나 종교적 지도자가 행하는 현상을 보면, 강한 믿음이 불가능할 것만

같은 몇 가지 신체적 변화를 만들기도 한다. 물론, 척추가 부러진 사람이 걷는다거나 신경이 손상된 사람이 다시 자극받을 수 있다는 의미가 아닌 일종의 빙의 현상과 힌두교 축제에서 볼 수 있는 마취 현상, 명상에서 기를 움직인다고 생각할 때 느껴지는 감각 등을 말한다.

심리적 반응이 신체적 반응으로 나타나는 것들인데, 최면에서 특히, 메즈머리즘을 믿는 사람은 크라이시스 반응을 보인다. 크라이시스 반응은 몸을 떨거나 해제 반응을 보이는 모습을 나타내는데, 마치 발작과 같은 모습을 나타내는 사람과 약간의 움직임을 보이는 사람이 있다.

내가 메즈머리즘에 불신하는 이유는 첫째로 과학적인 검증절차 없이 발전했다는 것이다. 틀렸다는 검증 결과가 더 많음에도 불구하고 자신의 신념을 꺾기 싫어하는 최면가에게 합당한 증거를 요구해도 전혀 증명되지 않은 이야기만 말할 뿐이다. 두 번째로 메즈머리즘을 모르는 사람에겐 크라이시스 반응이 나타나지 않는다. 플라세보 효과와 노세보 효과 같이 어떤 믿음에 어떤 영향을 끼칠 뿐이다. 크라이시스를 알고 있는 사람에게 나타나거나 비슷한 현상을 본 사람에게 나타난다. 세 번째로 돈 벌기 좋은 수단이다. 각국 메즈머리즘 지도층은 상당한 권력과 지지를 얻고 있으며, 틀렸다는 것을 주장하면 집단에서 밀려나게 될 것이다. 유명세를 이용해 수많은 사람이 메즈머리즘을 공부하려고 하는데, 그때 들어오는 돈은 상당하다.

메즈머리즘 원리는 단 하나, 심리적 반응이다.

다시 말하면, 어떤 현상을 믿는 사람에게 잘 나타나는 반응이다. 나는 협회 교육을 진행하며, 한때 이런 현상을 시연했다. 시연할 때 보여줬던 것은 대상의 눈앞에선 현란한 몸동작을 보여주고 뒤에선 팔짱을 끼고 있었다. 현란한 몸동작에 따라 몸이 기울고 흔들리는데, 뒤에 서서 가만히 있어도 대상은 같은 반응을 보인다. 대상이 가진 신념이나 믿음은 최면에 사용할 수 있는 최고의 자원이다. 이 자원이 무엇인지 확인하고 사용할 수 있다면 최면에 큰 도움이 될 것이다. 종교는 말할 것도 없으며, 권위자의 말이나 이야기도 상당한 영향을 끼친다. 대표적인 예로, 메가도스, TV에 방송된 건강 음식 등이 있다.

태핑

태핑은 두드리는 것을 의미한다. 상담에서는 태핑을 크게 3가지 목적으로 사용한다. 첫 번째로 암시에 집중시키기 위함이다. 암시를 말하는 동시에 일정한 템포로 자극을 주게 되면, 해당 암시에 집중하라는 의미가 된다. 만국의 공통적인 무의식 반응으로 단순한 비언어적 자극과 언어적 자극이 만나 두 가지 자극을 주는 대상의 언어에 트랜스 반응이 나타난다. 단순한 예로, 대상이 컴퓨터로 일하고 있을 때 대화하니 대상은 컴퓨터를 바라본 채 말을 한다. 이때 어깨를 일정하게 두드리며 말을 시키면 대상은 두 가지 자극을 준 사람을 보며 대화를 한다.

두 번째로 근육을 경직시키기 위함이다. 나는 카탈렙시 반응을 만들기 위해 태핑을 사용한다. 근육, 근조직의 반응은 의도치 않은 자극이 들어오거나 강한 자극이 들어오면 수축하며 긴장한다. 너무 강한 자극은 대상에게 있어 부정적이고 회피하고 싶은 마음이 들게 하기에 적당한 힘 조절이 필요하다. 카탈렙시 반응이 쉽게 나타나게 하려면 중력 방향의 반대로 힘을 주는 근육을 자극하면 된다. 경험상 이 방법을 통해 실패한 적은 100에 1번 정도이기에 필히 쓰는 것을 추천한다.

세 번째로 해당 신체 부위에 집중시키기 위함이다. 태핑이라고 부르는 것보다 터치에 더 가깝다. 언어로 표현하게 되면 불확실하거나 표현하기 어려운 경우 해당 부위를 손가락으로 살짝 찔러 위치를 확인시키고 집중시킨다. 과거 최면 교육을 할 때 교육생이 성적인 부위일 때 어떻게 하는지 물었다. 일단 성적인 부위를 할 일이 생기지 않을 것이지만 혹여나 생긴다면 절대 동의 없이 손을 대선 안 된다. 당연한 말이지만 법적인 문제는 최대한 만들지 않는 게 좋다

연기
The act frame

특정 상태에 있어도 되는 상황, 조건이 만들어진다면 어떻게 할까? 예를 들어, 울지 말아야 할 장소가 있고 그렇지 않은 장소가 있다고 사람은 생각한다. 그 장소 에서도 울 수 있는 상황이 있고, 울지 말아야 할 상황 이 있다. 만약, 연기라면 어떨까? 자신의 눈앞에 카메 라가 있고, 주어진 스크립트를 따라 연기해야 한다. 그 상황에 놓인 연기자들은 금세 자신의 역할에 빠져 눈물을 보이는 등 감정을 표현하기 시작한다. 심지어 '컷'사인이 나온 순간에도 그 감정을 추스르지 못해

훌쩍거리기도 한다.

사람은 일종의 파트(Part; in parts therapy)를 가지고 있다. 쉽게 말하면 특정 상황에 특정 역할을 하는 상태를 의미한다. 나는 조금 다르게 해석하여 프레임(Frame)을 말해주고 싶다. 전반적인 성격 체계가 있는데, 자신이 생각하는 특정 상황에 어울리는 상태를 가져온다. 즉, 다중적인 성격, 상태가 존재하며, 사람은 이를 맞추려 한다.

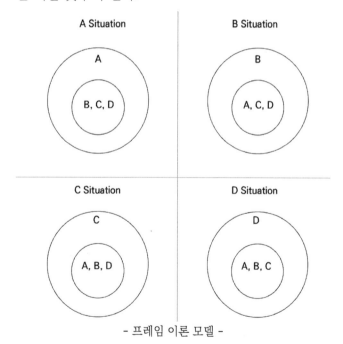

- 프레임 이론 모델 -

연기하고 있다는 것을 인식해도 역할에 몰입한 사람은 쉽게 캐릭터의 성격이나 역할에 연합된다. 자신이 그런 상황이 아니라는 것을 알아도 그 특징을 얻어 새로운 암시를 받게 된다. 대표적인 방법으로 '그런 척' 해보라고 암시를 주는 방법이다. 그런 상태가 아니라는 것을 알고 있지만, 연기라는 것 때문에 대상은 해당 암시를 따라가게 된다. 데이브 앨먼 인덕션 중 눈을 감긴 이후 눈을 붙이는 과정이 바로 이 프레임을 이용하는 방식이다.

> ex) "눈꺼풀의 힘을 최대한 빼보세요. 그리고 잠시 후 제가 눈꺼풀의 근육을 이용하지 않은 채 눈을 떠보라고 할 텐데, 눈꺼풀 근육을 이용하지 않고 눈을 뜬다는 것은 당연히 불가능합니다. 눈을 뜨려고 하지만 떠지지 않는 척 연기해보라는 것이죠. 한번 해볼까요?"

전문가의 해석에 따라 연습하는 목적, 암시를 더 쉽게 수용하도록 하기 위한 목적, 비판력을 줄이기 위한 목적 등 광범위한 목적으로 사용되는 만큼 상황만 잘 맞으면 강력한 기법이 된다. 나는 이 방법을 일상생활에 적용하여 사용하는데, 힘들어하거나 무언가를 불편해하는 대상에게 기존에 잡혀있는 '공자', '부처', '예수'

등 권위적인 존재가 현재 상황을 어떻게 바라볼지, 혹은 어떤 감정을 느낄지를 물어본다. 대상의 신념이 강한 경우, 권위자의 관점에서 현재 상황을 통찰하는 결과가 나타나며, 딱히 무언가 하지 않아도 변화가 나타난다. 조금 더 정확하게 하려면 어떻게 권위적 인물의 사고방식을 이끌어낼지, 내담자의 부족한 통찰을 어떻게 해결할지, 현재 상황에 적합한 사고 내용인지 확인해야 한다. 방법에 따라 사용 방법은 무궁무진하고, 난이도 차이가 커지지만, 효과적이기에 학습하면 좋다.

캐릭터 트랜스

일명 '연기'를 하게 되면 A라는 사람은 B라는 역할에 집중하게 된다. A가 역할에 몰입하게 되면, 점차 캐릭터에 연합하게 되고, 자신이 A라는 것에 대해 점차 관심이 멀어진다. 실제 뛰어난 연기자는 자신의 역할에 몰입하여, 한동안 캐릭터가 가진 감정에서 벗어나지 못한다. 눈물 연기를 한 배우가 카메라가 꺼진 상황에도 눈물을 멈추지 못하는 등 B의 역할을 지우는 데 시간이 걸린다.

비슷한 상황을 경험해보지 못한 사람은 어떻게 이럴 수 있는지 묻는다. 나는 이 부분에 대해 연기라는 프레임 안에 있기에 자신의 본 모습을 숨길 수 있다고 말한다. 예를 들어, 사람은 거미줄을 쏘는 영웅이나 눈에서 레이저를 쏘는 영웅이 영화에 나온다면 그 누구도 비현실적이라고 비판하지 않을 것이다. 왜냐하면 '영화'이기 때문이다. 영화라는 사고, 틀(Frame)이 현재 상황을 비판하지 않아도 된다고 확립했기 때문이다. 마찬가지로 연기라는 프레임 뒤에 숨어 대상은 그 역할의 모습, 성격, 감정까지 따라 해도, 비판하지 않아도 된다고 확립한다.

캐릭터 트랜스는 자신에 대한 트랜스 반응을 뜻한다.

프레임 붕괴

이 방법을 어떻게 사용했는지 먼저 사례를 보자. 우선 대상이 가진 틀이 무엇인지 확인해야 한다. 최면 상담을 받는 사람은 대다수 최면에 걸려야 피암시 반응이 생긴다고 착각한다. 최면이 무엇인지 잘 알지 못해 생겨난 오해이지만 대상이 믿는 신념에 따라 사고의 틀이 생긴다. 충분히 최면 유도를 해도 느낌이 없다는 이유로 최면에 걸리지 않았다고 생각할 것이다. 걸리지 않았다는 신념은 자기 자신에게 유도에 반대되는 암시를 주게 될 것이고, 최면가의 암시에 대해 쉽게 반응하지 않게 될 것이다. 그렇다면 우리는 최면이라는 단어가 아니라 연습을 하는 것이라고 말하며 상담사의 말을 따라오게 한다. 자신이 하는 행동은 최면이 아니므로 어떤 반응이 있을 필요가 없기 때문이다. 실제, 자신이 TV에서 본 순간 최면을 해야만 최면이 유도될 것이라고 주장하는 내담자가 있었다. 어떤 유도 방식을 진행하려 해도 대상은 거부했고, 상담을 받지 않으려는 듯 저조한 자발성을 가졌다. 대상이 하는 말을 들어보면 지금껏 여러 명의 최면 전문가를 만났는데 단 한 번도 최면에 걸리지 않았다고 한다. 이 말을 듣고 나는 최면을 잘못 알고 있다는 것을 직감했고, 설명했지만 이해하려는 시도조차 하지 않는 것을 알았다. 이때 나는 연습이라는 단어를 꺼내 작업을 진행했는데, 단 한 번 카탈렙시 반응이 나온 이후 망각, 마취 반응까지 나타났다.

자신이 가진 신념이나 사고가 노세보(nosivo : 특정효과가 있는 약물이 반대 효과가 있다고 믿거나 효과가 없다고 믿음으로써 특정효과가 줄거나 없어지는 현상) 효과로 나타난다.

268

프레임을 붕괴시키는 일은 대상의 신념을 붕괴시키는 일과 같다. 하지만 자신의 신념을 붕괴하려 하면 대상과 라포를 잃어버리게 될 수 있기에 접근 방법을 바꿔야 한다. 기본 방법은 자신이 믿는 틀을 언급하지 않는 것과 신념에 포함된 정보를 공감하다가 점차 다른 정보로 바꾸는 방법이 있다.

각성 방법
Awaken hypnosis

최면 유도 후 대상은 높은 피암시성을 가진다. 높은 피암시성을 유지한 채 살게 되면, 대상은 정상적인 생활을 못한다. 그렇기 때문에 사람은 자신의 피암시성을 정상 범주로 옮기려는 성질을 가지고 있다. 그 때문에 각성 암시를 주지 않아도 대상은 알아서 각성하게 된다.

예를 들어, 내가 내담자의 손을 최면으로 벽에 붙여놓는다면 어떻게 될까? 내가 굳이 이완 암시를 줘야만 할까? 과연 하루 내내 손을 대고 있을까? 그렇지 않다.

그런데 각성 암시는 왜 줘야 할까? 각성 암시는 최면이 종료되었다는 것을 암시해 빨리 회복시키기 위함이다. 눈을 뜨고 각성했음에도 대상은 피암시 반응을 보이기에 큰 의미를 둘 수 없다고 주장하는 전문가가 있지만, 피암시성이 정상 범주로 돌아오는 속도의 차이로 의미를 두는 것이 좋다.

1. 호흡 방식

"심호흡해보세요. (심호흡) 좋습니다. 이번엔 심호흡하면서 모든 장면을 지워주세요. (심호흡) 좋습니다. 마지막으로 심호흡하고, 호흡을 내쉴 때 눈을 뜨고 완전히 돌아 나오세요. (심호흡) 눈을 뜨세요."

2. 휴식 방식

"심호흡하면서 모든 장면을 지워주세요. (심호흡) 이제 자신이 완전히 회복되고, 편안해지면 눈을 뜨고 돌아 나오세요."

3. 숫자 방식

"잠시 후 제가 다섯부터 하나까지 숫자를 세면 하나가될 때 눈을 뜨고 돌아 나오세요. 다섯…. 발끝에서 신선한 기운이 차오릅니다. 넷…. 그 기운은 전신을 타고 퍼집니다. 셋…. 심호흡하세요. 둘…. 잠시 후 제가하나라고 말하면 눈을 뜨고 돌아 나옵니다. 하나….눈을 뜨고 돌아 나오세요."

4. 트리거 방식

"제가 '각성'이라는 말을 하면 그 즉시, 10부터 1을 아주 천천히 세고 돌아온 것처럼 눈을 뜨고 돌아오세요.'각성'"

5. 핑거 스냅 방식

"제가 손가락을 튕기면 점차 상쾌해지도록 크게 심호흡합니다. (소리) 이제 다시 한번 더 튕기면 몸속 깊숙하게 활력이 차오릅니다. (소리) 이제 마지막으로 손가락을 튕기면 눈을 뜨고 완전히 돌아 나오세요. (소리)"

각성 이후

각성 암시를 줬다 하더라도 대상은 여전히 높은 피암시성을 가지고 있다. 상담자 말을 쉽게 따르며, 일부는 눈을 뜬 채 망각 암시를 수용한다. 각성 절차는 눈을 뜨게 하는 것과 피암시성을 복구하는 첫 발자국이다.

나는 각성이 끝난 후 긍정적 암시를 주거나 기지개를 피게 해 한 번 더 신체적, 심리적 각성을 유도한다. 또한, 내담자와 차 한잔 마시며 내용을 정리하며, 정리과정 내에 필요한 추가적 암시를 부여한다.

만약, 대상이 일찍 돌아간다면 어떡해야 할까?

사실 걱정하지 않아도 된다. 대상은 최면가인 나와 피암시 반응을 보인 것이며, 다른 외부 요인에 대한 피암시 반응을 보인 게 아니다. 2~5분만 휴식해도 충분하기에 관한 걱정은 하지 말자.

마침
The End

 잘못된 정보를 세상에 뿌려져 더는 손볼 수 없게 됐다. 최면을 발전시키기 위한 시도보다 즐거움과 재미를 위해 사용되었다. 잠시 퍼진 오해는 언론과 몰상식한 최면가에 의해 사용되기 쉬웠다.

최면의 아버지로 불리는 제임스 브레이드는 최면이라는 용어, 히프노시스(Hypnosis)를 처음 사용하기 시작했다. 이 용어는 그리스 잠의 신 히프노스hypnos의 이름을 따서 지어진 것으로 보이며, 최면과 잠을 동일시하는 언어적 표현을 볼 수 있다. 이후, 제임스 브레이드는 최면과 잠 전혀 다른 상태임을 알고 모노이데이즘(Monoideism)이라는 용어를 만들었다는 이야기가 있다. 하지만 히프노시스가 너무 많이 퍼져 현재까지도 사용되고 있다한다. 다만, 제임스 브레이드는 자신의 실수를 고치기 위해 노력했다. 그의 노력 끝에 다른 전문가는 최면과 잠을 구분해 사용했고, 합리적인 최면을 찾으려 노력하기 시작했다. 모든 현대 최면가는 물론이고, 재미와 즐거움만 찾는 언론에게 우리의 노력이 전해지길 바래본다.

최면은 다시 손봐야 할 이론이다. 합리적이고 이론적이며, 체계적인 실험까지 이루어진 학문이다. 하지만 한국어에도 잠이라는 의미가 포함되어있으니 한동안 시간이 걸릴 것으로 본다. 특히, 전 세계 최면 협회와 교육자, 트레이너는 자신이 최면에 어떤 영향을 끼치고 있는지 확실히 알아야 하며, 하나의 전문가를 양성할 때 '이러면 된다.'가 아닌 '이런 이유로 이런 현상이 나타난다.'라는 것을 정확하게 설명할 수 있는 사람이 되어야 한다. 아직도 최면을 기법만 달달 외우는 모든 협회, 전문가는 이제 그만 사라져야 한다.

나는 최면을 공부하려는 대다수가 최면 유도만 공부

하려 한다는 것을 알고 있다. 최면 유도가 되면 마치 마법이라도 부리는 듯 모든 암시를 대상에게 적용할 수 있을 거란 착각 때문이다. 그러므로 모 교육센터나, 모 카페, 모 전문가는 최면 유도만 수십만 원씩 받아가며 교육한다. 나는 이런 비양심적인 최면 교육을 극히 혐오한다. 이 책을 쓰며 내가 이루려는 목적은 바로 잘못되고 비양심적인 교육을 없애는 것이다. 문제가 사라지기 위해선 문제에 접근하는 사람이 줄어야 하며, 접근하는 사람이 줄어야 비로소 문제가 되는 교육이 사라지게 된다. 이 책을 읽은 당신은 이미 대다수의 최면 전문가보다 더 많은 지식을 가지고 있다. 여기서 배운 지식을 더 나은 최면 이론을 전파하는 데 사용되길 바란다.

이 글을 쓰며, 도움을 준 모든 PHI 협회장과 협회원, 상담 사례를 사용하도록 허락해준 내담자에게 감사를 표한다.

THE END

참고문서

1. Contract for therapist : The Professional Hypnotherapy International

2. Hypnotherapy Basic Manual : The Professional Hypnotherapy International

3. HMI Hypnosis in History

4. Multiple Therapy Manual

5. 하루 한 장 명상 : 조수빈

6. 최면의 오해 : 조수빈

7. 특별한 성적 성향 : 조수빈, 김상겸

8. Ultradepth Training manual : James R. Ramey

9. Clinical Psychology : American Psychological Association

10. Medical Hypnotherapy : Ashran Mohammad bin Aizat

11. Medical meditation : Ashran Mohammad bin Aizat

12. Clinical Psychotherapy : Ashran

Mohammad bin Aizat

13. The Complete Writings of James Braid : James Braid

14. https://en.wikipedia.org/wiki/History_of_hypnosis#Hypnotism_and_monoideism

15. The neuroscience of mindfulness meditation : Yi-Yuan Tang

16. Integrating Body, Mind, and Spirit: An Essay Reviewing the Physiological, Psychological, and Spiritual Benefits of Meditation : Deborah L. Erickson